U0057077

有趣的韓語課

재미있는 한국어 수업

金家絃　著

Nic W.　繪圖

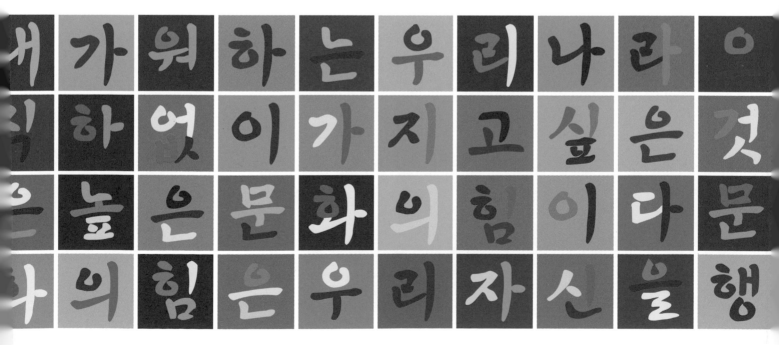

作者序

　　近年來韓語學習者在世界各地迅速增長。隨著學習韓語的需求增加，各種韓語教材的編撰正在積極進行中。在台灣，韓語學習者也不斷增加，除了高中和大學廣設韓語課程外，指定韓語為第二外語的學校也越來越多。

　　目前，台灣大部分的學校和韓語教學機構大多使用韓國出版的韓語教材。在韓國出版的教材雖然是經過長時間研究的高成效教材，但由於是以在韓國境內語言中心授課為目標所出版的書，因此對台灣的學校和學習單位而言使用起來不盡適當。

　　本書是根據台灣韓語學習者的需求，考量台灣學生的學習時間和環境所編寫。在學校利用本書授課時，可搭配作者的另一本發音教材《有趣的韓語發音》一起學習。一個學期當中，每週學習 2 小時 ×18 週，以 1 學年 2 學期的基礎，可以完成約 60 ～ 70 小時的學習時數，剛好可以把這 2 本書的內容學習完。

　　本書的結構不是單純的詞彙和文法羅列，而是系統性地透過多樣的練習，讓學習者可以有效地學會詞彙和文法。在充分地熟悉了每個單元的基本詞彙後，為了能更進一步地準確掌握文法的使用，同時組織了階段性的練習活動，並根據每課所出現的詞彙和文法，提供學習者全面的聽、說、讀、寫等活動。本書還包含各種聽力、口語、閱讀和寫作練習，不需要另外的作業本，就能輕鬆學好韓語。因此，無論是想透過自修奠定韓語基礎的學習者，或是在高中和大學第二外語要學習韓語的學生，本書絕對十分適合。

　　構思本書時，雖然努力想編寫出能讓學生更感興趣、更想接近的內容，但仍然有很多不足之處，還盼望各界指教。無論如何，衷心希望這本書能幫助各位學習者更接近韓國和韓語。

　　最後，感謝自始至終精心繪製插畫的王勇智插畫家、欣然提出好意見的趙叡珍老師、一直支持我的嚴支亨老師。還感謝瑞蘭出版社在本書出版上給予的協助。

2019 年 9 月

金家絃

目錄

如何使用本書

　　本書共有8課，每課有「學習目標」、「詞彙與表達」、「文法與表現」、「聽力與會話」、「閱讀與寫作」、「發音」及「認識韓國」等7個步驟，並透過多樣的練習活動，帶您逐步奠定韓語基礎。

①學習目標

　　正式進入課程前，詳細說明該課學習目標及內容，讓學習者做好學習的準備。

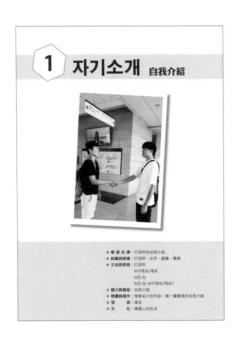

②詞彙與表達

　　系統性的詞彙分類，搭配練習活動與「說說看」，讓學習者學習生活上會應用到的韓語。

③文法與表現

　　匯集課程中出現的文法，用深入淺出的方式解說，加上例句練習，讓學習者更加熟悉文法的應用方式。

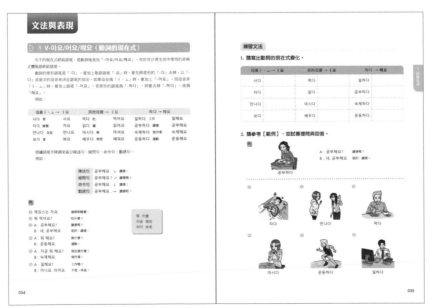

④聽力與會話

　　透過MP3播放，練習語彙聽力、句子聽力，讓學習者逐漸培養聽解、會話及敘述的能力。

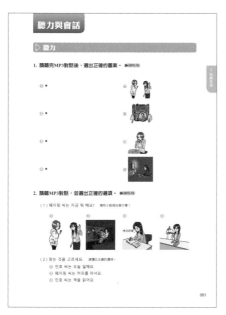

⑤閱讀與寫作

　　以簡短的文章閱讀，加上練習活動，測驗學習者對文章的了解程度。而寫作練習，則用來加強文字的表達能力。

⑥發音

　　整理出必須區別的發音，簡單地說明發音的方法，並以單字或句子練習，讓學習者學好發音。

⑦認識韓國

　　介紹各課的主題與相關的韓國文化，讓學習者更加理解韓語，也可以更自然地使用韓語。

教材大綱

單元	主題	詞彙與表達	文法與表現
1 自我介紹 자기소개	打招呼和自我介紹	・打招呼 ・名字 ・國籍 ・職業	・打招呼 ・N이에요/예요 ・N은/는 ・N은/는 N이에요/예요?
2 日常生活 일상생활	日常生活	・動詞 ・物品 ・場所	・V-아요/어요/해요 ・N을/를 ・N에서 ・안 V
3 位置 위치	物品和場所的位置	・物品 ・場所 ・位置	・N이/가 있어요/없어요 ・N에 있어요/없어요 ・N 위/아래/앞/뒤 ・N에 가요/와요
4 日期與星期 날짜와 요일	日期與星期	・數字 ・日期 ・星期	・N이/가 ・몇 N ・（時間）N에 ・V-았어요/었어요/했어요
5 買東西 물건사기	購物與點菜	・數字 ・物品 ・食物	・V-(으)세요 ・N하고、와/과 ・單位N ・N도
6 日常作息 하루일과	表達時間和日常作息	・時間1 ・時間2 ・動詞	・시（時/點）、분（分） ・N부터 N까지 ・V-고 ・ㄷ不規則
7 季節與天氣 계절과 날씨	表達季節和天氣	・季節 ・天氣 ・季節特色 ・ㅂ不規則	・ㅂ不規則 ・N이/가 A-아요/어요/해요 ・V/A-고 ・V/A-아서/어서/해서
8 週末活動 주말활동	興趣與休閒活動	・休閒活動 ・場所 ・時間	・V-(으)ㄹ 거예요 ・무슨 N ・V/A-지만 ・V-(으)ㄹ까요?

聽力與會話	閱讀與寫作	發音	認識韓國
・關於國籍與職業的簡單的對話 ・交換名片互相打招呼	・閱讀自我介紹的文章 ・寫一篇簡單的自我介紹	連音	韓國人的姓名
・日常活動的表達 ・詢問今天的計畫 ・討論現在做的事情	・閱讀關於行程的文章 ・寫一篇介紹一天行程的文章	硬音化	韓國的「房」文化
・關於目的地的對話 ・討論物品的位置	・閱讀介紹家和學校位置的文章 ・寫一篇介紹家或學校的文章	尾音ㄴ、ㅁ、ㅇ	首爾景點
・日期與星期的表達 ・詢問計畫 ・描述一天所做的事情	・閱讀關於韓國紀念日的文章 ・寫一篇日記	ㄹ的鼻音化	韓國的公休日
・關於商店買東西的對話 ・關於在餐廳點菜的對話	・閱讀菜單與招牌 ・寫一篇關於自己的飲食生活的文章	激音化	韓國的貨幣
・談論每天做的事情	・閱讀生活作息表 ・寫一篇日常作息的文章	긔的發音	韓國人的24小時
・談論季節與天氣	・閱讀氣象圖 ・寫一篇自己對於季節與天氣想法的文章	ㅎ脫落	韓國的四季
・談論週末活動的計畫和提議	・閱讀關於週末計畫的文章 ・寫一篇週末活動和計畫的文章	鼻音化	韓國的大學生活

人物介紹

웨이링 陳瑋玲
台灣　大學生

김지현 金智賢
韓國　交換生

이민호 李敏鎬
韓國　上班族

마이클 麥克
美國　交換生

임지호 林志豪
台灣　大學生

유카 由夏
日本　交換生

메이 美美
中國　交換生

자기소개 自我介紹

❖ **學 習 目 標**：打招呼和自我介紹
❖ **詞彙與表達**：打招呼、名字、國籍、職業
❖ **文法與表現**：打招呼
　　　　　　　　 N이에요/예요
　　　　　　　　 N은/는
　　　　　　　　 N은/는 N이에요/예요?
❖ **聽力與會話**：自我介紹
❖ **閱讀與寫作**：理解名片的內容、寫一篇簡單的自我介紹
❖ **發　　　音**：連音
❖ **文　　　化**：韓國人的姓名

詞彙與表達

▷ 單字

인사 打招呼　▶MP3-01

안녕하세요.	您好。	만나서 반갑습니다. 반갑습니다.	很高興認識您。
안녕하십니까?	您好嗎？	안녕히 가세요.	再見、請慢走。
안녕.	你好或再見。	안녕히 계세요.	再見。

이름 名字　▶MP3-02

진위령 – 천웨이링	（陳瑋玲）	마이클	（麥可）
임지호 – 린즐하오	（林志豪）	제임스	（詹姆斯）
김지현	（金智賢）	에린	（艾琳）
이민호	（李敏鎬）	유카	（由夏）

✎ **請寫下自己的韓文名字。→**＿＿＿＿＿＿＿＿＿＿＿＿＿＿＿＿＿

認識韓國

한국인의 이름　韓國人的姓名

　　你聽過韓國人的名字嗎？最常聽到的韓國姓氏是什麼？那麼在韓國最多的姓氏又是什麼呢？很多人認為是「김」（金）。沒錯，在韓國每五個人就有一個人姓金。其次是「이」（李）、「박」（朴）的比率高。每一個時代流行的名字不一樣，早期因為經濟發展與成長的影響，男生流行的名字有「훈」（勳）、「성」（成），女生則是「미」（美）、「은」（銀）等字。那麼目前在韓國什麼樣的名字常用呢？因為要帶給人溫柔的感覺，所以用「ㄴ」尾音的名字很多。

韓國人的名字 2008 ～ 2019 出生		
排名	男生	女生
1	민준	서연
2	서준	서윤
3	예준	지우
4	도윤	서현
5	주원	민서

韓國人的姓氏	
排名	姓氏
1	김（金）
2	이（李）
3	박（朴）
4	최（崔）
5	정（鄭）
6	강（姜）
7	조（趙）
8	윤（尹）
9	장（張）
10	임（林）

나라 / 국적 國家 / 國籍 ▶MP3-03

대만 / 대만 사람	台灣/台灣人	영국 / 영국 사람	英國/英國人
한국 / 한국 사람	韓國/韓國人	독일 / 독일 사람	德國/德國人
중국 / 중국 사람	中國/中國人	프랑스 / 프랑스 사람	法國/法國人
일본 / 일본 사람	日本/日本人	호주 / 호주 사람	澳洲/澳洲人
태국 / 태국 사람	泰國/泰國人	미국 / 미국 사람	美國/美國人
베트남 / 베트남 사람	越南/越南人	캐나다 / 캐나다 사람	加拿大/加拿大人

✎ **請寫下自己的國籍。→** _____

🗣 **說說看** ▶MP3-04

대만 사람이에요.	是台灣人。
한국 사람이에요.	是韓國人。
미국 사람이에요.	是美國人。

직업 職業 ▶MP3-05

학생	學生	의사	醫生
대학생	大學生	기자	記者
대학원생	研究生	교수	教授
선생님	老師	요리사	廚師
회사원	上班族	가수	歌手
군인	軍人	배우	演員

✎ **請寫下自己的職業。→** _____

🗣 **說說看** ▶MP3-06

학생이에요.	是學生。	**의사**예요.	是醫師。
대학생이에요.	是大學生。	**기자**예요.	是記者。
대학원생이에요.	是研究生。	**교수**예요.	是教授。

1. 他們是哪一國人？請看圖片，並在空格中寫出正確的單字。

例

A : 어느 나라 사람이에요?　是哪一國人？

B : **한국 사람** 이에요.　是韓國人。

어느	哪個
나라	國家
한국	韓國
미국	美國
영국	英國
독일	德國
호주	澳洲
일본	日本
중국	中國

❶

B : _____이에요.

❷

B : _____이에요.

❸

B : _____이에요.

❹

B : _____이에요.

❺

B : _____이에요.

❻

B : _____이에요.

2. 他們的職業是什麼？請看圖片，並在空格中寫出正確的單字。

학생　　　선생님　　　기자　　　회사원
가수　　　군인　　　요리사　　　의사

> 뭐 什麼

❶ _____
❷ _____
❸ _____
❹ _____

❺ _____
❻ _____
❼ _____
❽ _____

說說看

선생님이에요.	是老師。	**기자**예요.	是記者。
학생이에요.	是學生。	**의사**예요.	是醫生。
회사원이에요.	是上班族。	**가수**예요.	是歌手。
군인이에요.	是軍人。	**요리사**예요.	是廚師。

文法與表現

▷ ① 인사말（打招呼）

- 「**안녕하세요?**」是與人見面時最常用的問候語。不分時間，早上、中午、晚上都可以使用。依語調的不同，可以被當作問候句「안녕하세요?」（您好嗎？）和回答「안녕하세요.」（您好）兩種意思。
- 「**안녕하십니까?**」（您好嗎?）是在正式場合時使用的問候語，是更尊敬、較有禮貌的表現。
- 「**안녕**」（你好）是對平輩、晚輩、或者很親密的朋友所使用的招呼語。
- 「**만나서 반갑습니다.**」是初次見面時使用的招呼語，相當於中文的「很高興認識你」。
- 「**안녕히 가세요.**」與「**안녕히 계세요.**」都是告別時使用的問候語。對要離開的人要說「안녕히 가세요.」，相當於中文的「請慢走」；而離開的人是通常要說「안녕히 계세요.」，相當於中文的「請留步」。這兩句話都是「再見」的意思。

例

① 안녕하세요. 　　　　　　您好。

② A：안녕하십니까? 　　　您好嗎？
　 B：안녕하세요? 　　　　您好嗎？

③ A：안녕. 　　　　　　　你好。
　 B：안녕! 　　　　　　　你好！

④ A：만나서 반갑습니다. 　很高興認識你。
　 B：반갑습니다. 　　　　很高興認識你。

⑤ A：안녕히 계세요. 　　　再見。
　 B：안녕히 가세요. 　　　請慢走。

練習文法

1. 如何打招呼？請參考【範例】，並跟著書寫。

例

안	녕	하	세	요	?

例

안	녕	히		가	세	요	.

안	녕	히		계	세	요	

例

만	나	서		반	갑	습	니	다	.

2. 在空格裡寫出適當的打招呼句子。

▷ ② N이에요/예요（是N）

「N이에요/예요」放在名詞後面，形成語尾，意思爲「是～」。可以在非正式的場合或熟人之間使用，也是一般生活當中常用的敬語。

當前面的名詞最後一個字有尾音時要加「이에요」，沒有尾音時要加「예요」。

例如：

有尾音N + 이에요	沒有尾音N + 예요
학생**이에요**	친구**예요**
선생님**이에요**	기자**예요**
마이클**이에요**	유카**예요**

친구　朋友

例
① 김지현**이에요**.　　是金智賢。
② 이민호**예요**.　　是李敏鎬。
③ 대만 사람**이에요**.　　是台灣人。
④ 한국 사람**이에요**.　　是韓國人。
⑤ 학생**이에요**.　　是學生。
⑥ 기자**예요**.　　是記者。

練習文法

1. 請參考【範例】，並選出合適的答案。

例

지현(이에요 / 예요).　　是智賢。

· ·

❶ 제임스(이에요 / 예요).

❷ 메이(이에요 / 예요).

❸ 에린(이에요 / 예요).

❹ 마이클(이에요 / 예요).

2. 請參考【範例】，並選出合適的答案。

例

한국 사람(이에요 / 예요).　是韓國人。

. . . .

❶

영국 사람(이에요 / 예요).

❷

일본 사람(이에요 / 예요).

❸

가수(이에요 / 예요).

❹

군인(이에요 / 예요).

3. 請參考【範例】，並練習對話。

例　**김지현 / 왕웨이**

A : 안녕하세요. (저는) 김지현**이에요**.　你好，我是金智賢。
B : 안녕하세요. (저는) 왕웨이**예요**.　你好，我是王偉。

. . . .

❶ 강주혁 / 마리아　❷ 린이팅 / 이민호
❸ 박지성 / 유카　❹ 마이클 / 최지우

4. 請利用3的對話，試著和班上同學們介紹自己的韓文名字，再練習寫出同學的名字。

친구 이름	
	❶
	❷
	❸
	❹
	❺

▷ ③ N은/는（補助詞）

「은/는」加在名詞或代名詞後面表示敘述的主題。它用於強調主題、對照或者比較時。前面名詞的最後一個字有尾音時要加「은」，沒有尾音時要加「는」。

例如：

有尾音N＋은	沒有尾音N＋는
선생님은	저는
마이클은	친구는
에린은	민호 씨는

> 저　我（謙卑語）
> 씨　先生、小姐

例

① 저는 김지현이에요.　　我是金智賢。　　② 저는 왕웨이예요.　　　　我是王偉。

③ 저는 대만 사람이에요.　我是台灣人。　　④ 선생님은 한국 사람이에요.　老師是韓國人。

⑤ 마이클은 학생이에요.　麥可是學生。　　⑥ 안나는 의사예요.　　　　安娜是醫生。

練習文法

1. 請參考【範例】，並選出合適的答案。

例

지현(은/ 는) 한국 사람이에요.
智賢是韓國人。

....

① 　　메이(은 / 는) 중국 사람이에요.

② 　　마이클(은 / 는) 미국 사람이에요.

③ 　　에린(은 / 는) 선생님이에요.

④ 　　민호(은 / 는) 회사원이에요.

2. 請參考【範例】，並寫出合適的答案。

例

웨이링<u>은</u> 학생이에요.
瑋玲是學生。

. . . .

❶

서영_____ 선생님이에요.

❷

에린_____ 호주 사람이에요.

❸

제임스_____ 기자예요.

❹

안나_____ 의사예요.

3. 請參考【範例】，並寫出合適的答案。

例

지호 = 대만 사람
<u>지호는 대만 사람이에요 .</u>
志豪是台灣人。

. . . .

❶

안나 = 독일 사람
_____.

❷

유카 = 일본 사람
_____.

❸

마이클 = 학생
_____.

❹

왕웨이 = 요리사
_____.

4. 請參考【範例】，並寫出合適的答案。

웨이링 / 대만 사람 / 학생

웨이링이에요.　　是瑋玲。

웨이링은 대만 사람이에요.　　瑋玲是台灣人。

웨이링은 학생이에요.　　瑋玲是學生。

●

지현 / 한국 사람 / 학생

지현이에요.

_____.

_____.

②

마이클 / 미국 사람 / 학생

마이클이에요.

_____.

_____.

③

제임스 / 영국 사람 / 기자

제임스예요.

_____.

_____.

④

안나 / 독일 사람 / 의사

안나예요.

_____.

_____.

⑤

에린 / 호주 사람 / 선생님

에린이에요.

_____.

_____.

⑥

_____ /_____ 사람 /_____

_____.

저는 _____.

저는 _____.

延伸練習

1. 請參考【範例】，並試著自我介紹。

例

마이클 스미스

안녕하세요.	你好。
저는 마이클 스미스예요.	我是麥可・史密斯。
미국 사람이에요.	我是美國人。
저는 학생이에요.	我是學生。
만나서 반갑습니다.	很高興認識你。

【我】

_____ 你好。

_____ [名字]

_____ [國籍]

_____ _____ [職業]

_____ 很高興認識你。

2. 請看名片，並試著說說看這個人的名字和職業。

명함 名片

LC Electronics　　**박 준 영**

서울특별시 강남구 신사동 100-1

Tel : 02-2234-1234

Fax : 02-2234-5678

E-mail : parkjy@lce.co.kr

▷ ④ N은/는 N이에요/예요? (N是N嗎?)

韓語不論陳述句還是疑問句，文法的結構及語順都相同，不同之處在於疑問句在語尾的聲調會上揚，而陳述句則是將語尾的語調降低，成為應答句。

例如：

마이클은 학생**이에요**.	麥可是學生。
마이클은 학생**이에요**?	麥可是學生嗎？
제임스는 기자**예요**.	詹姆斯是記者。
제임스는 기자**예요**?	詹姆斯是記者嗎？

例

① 지현 씨는 한국 사람**이에요**.   智賢小姐是韓國人。

② 마이클 씨는 미국 사람**이에요**?   麥可先生是美國人嗎？

③ A : 지호 씨는 대만 사람**이에요**?   志豪先生是台灣人嗎？
    B : 네, 저는 대만 사람**이에요**.   是，我是台灣人。

④ A : 안나 씨는 의사**예요**?   安娜小姐是醫生嗎？
    B : 네, 저는 의사**예요**.   是，我是醫生。

⑤ A : 유카 씨는 중국 사람**이에요**?   由夏小姐是中國人嗎？
    B : 아니요, 저는 일본 사람**이에요**.   不是，我是日本人。

⑥ A : 에린 씨는 어느 나라 사람**이에요**?   艾琳小姐是哪一國人？
    B : 저는 호주 사람**이에요**.   我是澳洲人。

> 네 是
> 아니요 不是

練習文法

1. 請參考【範例】，並試著提問與回答。

例   대만

A : 대만 사람이에요?   你是台灣人嗎？
B : 네, 저는 대만 사람이에요.   是的，我是台灣人。

· ·

① 한국   ② 태국   ③ 프랑스
④ 일본   ⑤ 베트남   ⑥ 캐나다

2. 請參考【範例】，並試著提問與回答。

例 **중국 / 한국**

A : 중국 사람이에요?　　　　你是中國人嗎？
B : 아니요, 저는 한국 사람이에요.　不是，我是韓國人。

··

❶ 한국 / 일본　　　❷ 미국 / 캐나다
❸ 프랑스 / 독일　　❹ 태국 / 베트남

3. 請參考【範例】，並試著提問與回答。

例 **대만**

A : 어느 나라 사람이에요?　你是哪一國人？
B : 저는 대만 사람이에요.　我是台灣人。

··

❶ 독일　　　❷ 일본
❸ 캐나다　　❹ 호주

4. 請參考【範例】，並試著提問與回答。

例

대학생 / 대학생

A : ○○ 씨는 대학생이에요?
　你（○○ 先生 / 小姐）是大學生嗎？
B : 네, (저는) 대학생이에요.　是的，我是大學生。

대학생 / 회사원

A : ○○ 씨는 대학생이에요?
　你（○○ 先生 / 小姐）是大學生嗎？
B : 아니요, (저는) 회사원이에요.　不是，我是上班族。

··

❶ 학생 / 학생　　　❷ 선생님 / 선생님　　❸ 의사 / 의사
❹ 회사원 / 군인　　❺ 가수 / 배우　　　❻ 기자 / 교수

延伸練習

1. 請扮演另一個角色，並試著自我介紹。

안녕하세요.
저는_____이에요 / 예요.　[이름]
_____사람이에요.　　　[국적]
저는_____이에요 / 예요.　[직업]
만나서 반갑습니다.

친구 이름	국적	직업
❶		
❷		
❸		

국적

				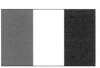	
印尼 인도네시아	馬來西亞 말레이시아	新加坡 싱가포르	俄羅斯 러시아	義大利 이탈리아	巴西 브라질

迦納 가나	印度 인도	埃及 이집트	西班牙 스페인	菲律賓 필리핀	墨西哥 멕시코

직업

수의사

디자이너

엔지니어

경찰

약사

아나운서

운동선수

간호사

군인

聽力與會話

▷ 聽力

1. 請聽完MP3對話後，並選出正確的圖案。 ▶MP3-07

❶ •

❷ •

❸ •

❹ •

ⓐ

ⓑ

ⓒ

ⓓ

2. 請聽MP3對話，並選出正確的選項。 ▶MP3-08

❶ 민호 씨는 학생이에요.

❷ 유카 씨는 회사원이에요.

❸ 유카 씨는 일본 사람이에요.

▷ 對話與敘述

會話 1 ▶MP3-09

민　호 : 안녕하세요 . 저는 이민호예요 .
웨이링 : 안녕하세요 . 저는 웨이링이에요 .
민　호 : 만나서 반갑습니다 .
웨이링 : 네 , 만나서 반갑습니다 .

會話 2 ▶MP3-10

민　호 : 웨이링 씨는 어느 나라 사람이에요 ?
웨이링 : 저는 대만 사람이에요 .
　　　　 민호 씨는 한국 사람이에요 ?
민　호 : 네 , 저는 한국 사람이에요 .
　　　　 웨이링씨는 학생이에요 ?
웨이링 : 네 , 저는 대학생이에요 .
　　　　 민호 씨도 대학생이에요 ?
민　호 : 아니요 , 저는 회사원이에요 .

(민호 씨) 도
(敏鎬 先生) 也

敘述 ▶MP3-11

안녕하세요 .
저는 웨이링이에요 .
대만 사람이에요 .
저는 대학생이에요 .
만나서 반갑습니다 .

閱讀與寫作

▷ 閱讀

 請看圖片,並回答問題。

학생증 Student ID Card

이름 : 김민정
국적 : 한국
한국어교육학
1234567

한국대학교 총장   xxxx xxxx xxxx xxxx

❶ 이름이 뭐예요?
名字是什麼?

_____.

❷ 어느 나라 사람이에요?
是哪一個國家的人?

_____.

❸ 직업이 뭐예요?
職業是什麼?

_____.

▷ 寫作

 請試著寫一篇自我介紹。

發　音

▷ 連音

收尾音＋「ㅇ」開頭的音節 → 收尾音會變成後一個音節的初聲。

透過 MP3 練習發音

1. 請聽MP3，並且跟著唸。 ▶MP3-12

- 국어 → 구＋ㄱ＋어 → [구거]　　　國語
- 발음 → 바＋ㄹ＋음 → [바름]　　　發音
- 음악 → 으＋ㅁ＋악 → [으막]　　　音樂
- 있어요 → 이＋ㅆ＋어요 → [이써요]　有
- 읽어요 → 일＋ㄱ＋어요 → [일거요]　讀
- 앉아요 → 안＋ㅈ＋아요 → [안자요]　坐

2. 請聽MP3，並且跟著唸。 ▶MP3-13

❶ 저는 대만 사람이에요.　　　我是台灣人。
　　　　　　　[라미]

❷ 선생님은 한국 사람이에요.　老師是韓國人。
　　[니믄]　　　　[라미]

❸ 에린은 회사원이에요?　　　艾琳是上班族嗎？
　[리는]　　[워니]

❹ 마이클은 독일 사람이에요?　麥可是德國人嗎？
　[크른][도길] [라미]

2 일상생활 日常生活

- ❖ **學 習 目 標**：表達日常生活
- ❖ **詞彙與表達**：動作、物品、場所
- ❖ **文法與表現**：V-아요/어요/해요
    N을/를
    N에서
    안 V
- ❖ **聽力與會話**：表現日常的活動、詢問今天的計畫、討論現在做的事情
- ❖ **閱讀與寫作**：閱讀關於行程的文章、寫一篇介紹一天行程的文章
- ❖ **發　　　音**：硬音化
- ❖ **文　　　化**：韓國的「房」文化

詞彙與表達

▷ 單字

동작 動作 ▶MP3-14

사다	買	먹다	吃	일하다	工作
자다	睡覺	읽다	讀	공부하다	讀書
만나다	見面	마시다	喝	숙제하다	寫作業
보다	看	배우다	學習	운동하다	運動

1. _____

2. _____

3. _____

4. _____

5. _____

6. _____

7. _____

8. _____

9. _____

10. _____

11. _____

12. _____

사물 物品 ▶MP3-15

옷	衣服	밥	飯	책	書
가방	包包	빵	麵包	신문	報紙
영화	電影	커피	咖啡	한국어	韓語
텔레비전	電視	주스	果汁	태권도	跆拳道

說說看 ▶MP3-16

뭐예요?	是什麼呢？		
옷이에요.	是衣服。	**커피**예요.	是咖啡。
가방이에요.	是包包。	**주스**예요.	是果汁。
책이에요.	是書。		

장소 場所 ▶MP3-17

집	家	회사	公司
학교	學校	교실	教室
식당	餐廳	도서관	圖書館
극장	電影院	편의점	便利商店
백화점	百貨公司	커피숍	咖啡店

1. _____　2. _____　3. _____　4. _____　5. _____

6. _____　7. _____　8. _____　9. _____　10. _____

✏️ 請寫下自己常去的場所。 →_____

▷ 字彙練習

1. 請將符合的圖片和動詞連起來。

❶  •

ⓐ 사다

❷ •

ⓑ 만나다

❸ •

ⓒ 보다

❹  •

ⓓ 읽다

❺ •

ⓔ 먹다

❻  •

ⓕ 마시다

❼ •

ⓖ 배우다

❽  •

ⓗ 일하다

2. 請看圖片，並寫出單字。

❶ _____ 家、房子
❷ _____ 百貨公司
❸ _____ 便利商店
❹ _____ 咖啡店
❺ _____ 餐廳
❻ _____ 公司
❼ _____ 圖書館
❽ _____ 電影院
❾ _____ 學校

PC 방	網咖
노래방	KTV
찜질방	汗蒸幕
만화방	漫畫店

ⓐ

_____

ⓑ

_____

ⓒ

_____

ⓓ

_____

文法與表現

▷ ① V-아요/어요/해요（動詞的現在式）

句子的現在式終結語尾，是動詞後面加「-아요/어요/해요」。用於在日常生活中常用的非格式體敬語終結語尾。

動詞的原形語尾是「-다」。當加上敬語語尾「-요」時，要先將原形的「-다」去掉，以「-다」前面字的母音來決定語尾的加法。如果母音為「ㅏ、ㅗ」時，要加上「-아요」，而母音非「ㅏ、ㅗ」時，要加上語尾「-어요」，若原形的語尾為「-하다」，則要去掉「-하다」，改為「해요」。

例如：

母音 ㅏ、ㅗ → ㅏ요		其他母音 → ㅓ요		하다 → 해요	
사다 買	사요	먹다 吃	먹어요	일하다 工作	일해요
자다 睡覺	자요	읽다 讀	읽어요	공부하다 讀書	공부해요
만나다 見面	만나요	마시다 喝	마셔요	숙제하다 寫作業	숙제해요
보다 看	봐요	배우다 學習	배워요	운동하다 運動	운동해요

根據詞尾升降調來區分陳述句、疑問句、命令句、勸誘句。

例如：

陳述句	공부해요 . ↘	讀書。
疑問句	공부해요 ? ↗	讀書嗎？
命令句	공부해요 . ↓	讀書！
勸誘句	공부해요 . →	讀書吧。

例

❶ 제임스는 자요.　　　詹姆斯睡覺。

❷ 뭐 먹어요?　　　吃什麼？

❸ A : 공부해요?　　　讀書嗎？
　 B : 네, 공부해요.　是的，讀書。

❹ A : 뭐 해요?　　　做什麼？
　 B : 운동해요.　　運動。

❺ A : 지금 뭐 해요?　現在做什麼？
　 B : 숙제해요.　　　寫作業。

❻ A : 일해요?　　　　工作嗎？
　 B : 아니요, 쉬어요.　不是，休息。

> 뭐 什麼
> 지금 現在
> 쉬다 休息

練習文法

1. 請寫出動詞的現在式變化。

母音 ㅏ、ㅗ → ㅏ요		其他母音 → ㅓ요		하다 → 해요	
사다		먹다		일하다	
자다		읽다		공부하다	
만나다		마시다		숙제하다	
보다		배우다		운동하다	

2. 請參考【範例】，並試著提問與回答。

例

공부하다

A : 공부해요?　　讀書嗎？
B : 네, 공부해요.　是的，讀書。

❶

자다

❷

만나다

❸

먹다

❹

마시다

❺

운동하다

❻

일하다

3. 請參考【範例】，並試著提問與回答。

例

공부하다　　**운동하다**

A：공부해요?　　　讀書嗎？
B：아니요, 운동해요.　不，運動。

❶
먹다　　　　마시다

❷
보다　　　　만나다

❸
숙제하다　　　배우다

❹
사다　　　　읽다

認識韓國

한국의「방」문화　韓國的「房」文化

　　在韓國逛街時，可以在路上看到很多種類的「방」（房），例如「PC방」（網咖）、「만화방」（漫畫店）、「노래방」（KTV）、「찜질방」（汗蒸幕）等。台灣也有網咖和KTV，但是韓國的汗蒸幕（찜질방）相對來說就比較特別了。裡面有很多有趣的地方，如餐廳、健身房、睡眠室、閱覽室、按摩室、皮膚美容室、美甲室、網咖、小型電影院等等。在一個地方不只是洗澡，還能吃飯、看電視、看電影、運動、打電腦、和朋友見面、約會等，是不是很特別呢？所以在韓國，汗蒸幕已經成為一種休閒活動了。

4. 請參考【範例】，並試著回答問題及完成句子。

例

A：지금 뭐 해요?　　現在做什麼？

B：가방을 __사요__ .　　買包包。

. . . .

❶

A：지금 뭐 해요?

B：텔레비전을_____.

❷

A：지금 뭐 해요?

B：친구를_____.

❸

A：지금 뭐 해요?

B：빵을_____.

❹

A：지금 뭐 해요?

B：책을_____.

❺

A：지금 뭐 해요?

B：주스를_____.

❻

A：지금 뭐 해요?

B：태권도를_____.

▷ ② N을/를（受格助詞、賓格助詞）

韓語的語序

　　韓語的基本語序為主詞（Subject）、受詞（Object）、動詞（Verb）。韓語的語序與中文不一樣，韓語的動詞以及形容詞等所有的謂語，都在句子的語尾。

　　助詞指詞彙在句子中的語法關係。通常主詞後面加上助詞「은/는」，表示是句子中的主語，而受詞後面加上助詞「을/를」的，則表示賓語，動作直接涉及的對象。
例如：

저는	커피를	사요.	[韓文]
S	O	V	

我	買	咖啡。	[中文]
S	V	O	

　　前面名詞或代詞最後一個字有尾音時要加「을」，沒有尾音時要加「를」。
例如：

有尾音N＋을	沒有尾音N＋를
옷을	친구를
밥을	커피를
텔레비전을	영화를

　　但是「을/를」在口語中，常常被省略。

例

❶ 에린은 옷을 사요.　　　　　艾琳買衣服。

❷ 유카는 영화를 봐요.　　　　由夏看電影。

❸ 민호는 커피를 마셔요.　　　敏鎬喝咖啡。

❹ A : 오늘 친구를 만나요?　　今天和朋友見面嗎？
　 B : 네, 친구를 만나요.　　　是，和朋友見面。

❺ A : 밥을 먹어요?　　　　　　吃飯嗎？
　 B : 아니요, 빵을 먹어요.　　不，吃麵包。

❻ A : 지금 뭐 해요?　　　　　　現在做什麼？
　 B : 운동을 해요.　　　　　　運動。

> 오늘　今天

練習文法

1. 請參考【範例】，並選出合適的答案。

 例

마이클은 밥(을)/ 를) 먹어요.　麥可在吃飯。

❶

민호는 신문(을 / 를) 읽어요.

❷

가나다

유카는 한국어(을 / 를) 공부해요.

❸

웨이링은 텔레비전(을 / 를) 봐요.

❹

지현은 커피(을 / 를) 마셔요.

2. 請參考【範例】，並試著提問與回答。

例

| 옷 | A : 무엇을 사요?　買什麼呢？ |
| | B : 옷을 사요.　買衣服。 |

| 시계 | A : 무엇을 사요?　買什麼呢？ |
| | B : 시계를 사요.　買手表。 |

무엇　什麼
시계　手錶
우산　雨傘
안경　眼鏡
라면　泡麵
모자　帽子
카메라　照相機
노트　筆記本

❶ 우산　　　❷ 안경　　　❸ 라면

❹ 모자　　　❺ 카메라　　❻ 노트

3. 請參考【範例】，並試著提問與回答。

| 例) | 주스 / 마시다 | A : 무엇을 해요? / 뭐 해요? | 做什麼呢？ |
| | | B : 주스를 마셔요. | 喝果汁。 |

❶ 영화, 보다　　❷ 한국어, 배우다　　❸ 커피, 마시다

❹ 신문, 읽다　　❺ 가방, 사다　　❻ 라면, 먹다

4. 請參考【範例】，並試著提問與回答。

영어　英文

A : 가방을 사요?　　買包包嗎？
B : 네, 가방을 사요.　　是的，買包包。

가방을 사다

A : 주스를 마셔요?　　喝果汁嗎？
B : 아니요, 커피를 마셔요.　　不，喝咖啡。

주스를 마시다

❶

신문을 읽다

❷

텔레비전을 보다

❸

친구를 만나다

❹

책을 사다

❺

라면을 먹다

❻

영어를 배우다

延伸練習

1. 請參考【範例】，並試著提問與回答。

例

A：뭐 해요?　　做什麼呢？

B：영화를 봐요.　看電影。

· ·

    보다

| 電影 | 電視 | 照片 | 畫 |
| 영화 | 텔레비전 | 사진 | 그림 |

    마시다

| 咖啡 | 果汁 | 牛奶 | 水 |
| 커피 | 주스 | 우유 | 물 |

    배우다

| 韓語 | 跆拳道 | 鋼琴 | 游泳 |
| 한국어 | 태권도 | 피아노 | 수영 |

    먹다

| 泡菜 | 泡菜鍋 | 白飯 | 麵包 |
| 김치 | 김치찌개 | 밥 | 빵 |

    읽다

| 信 | 雜誌 | 書 | 報紙 |
| 편지 | 잡지 | 책 | 신문 |

2. 請參考【範例】，並試著與同學練習提問與回答。

例
A : ○○ 씨는 옷을 자주 사요? 你常買衣服嗎？
B : 네, 옷을 자주 사요. 是的，常買衣服。

A : ○○ 씨는 옷을 자주 사요? 你常買衣服嗎？
B : 아니요. 不。

자주 常常

	나 : 네 / 아니요	친구 : 네 / 아니요
❶ 옷을 자주 사다.		
❷ 친구를 자주 만나다.		
❸ 영화를 자주 보다.		
❹ 텔레비전을 자주 보다.		
❺ 한국드라마를 자주 보다.		
❻ 책을 자주 읽다.		
❼ 신문을 자주 읽다.		
❽ 커피를 자주 마시다.		
❾ 빵을 자주 먹다.		
❿ 운동을 자주 하다.		
⓫ 한국어 공부를 자주 하다.		

▷ ③ N에서（在N）

用於場所名詞後面，表示動作發生的地點。

例

1. 학교**에서** 한국어를 배워요.　在學校學韓語。
2. 극장**에서** 영화를 봐요.　在電影院看電影。
3. 커피숍**에서** 커피를 마셔요.　在咖啡店喝咖啡。
4. 회사**에서** 일해요.　在公司工作。
5. 집**에서** 자요.　在家裡睡覺。
6. 백화점**에서** 옷을 사요.　在百貨公司買衣服。

練習文法

1. 請參考【範例】，並寫出合適的答案。

例

교실에서 공부해요.
在教室讀書。

- -

①

＿＿＿＿＿＿＿＿ 밥을 먹어요.

②

＿＿＿＿＿＿＿＿ 영화를 봐요.

③

＿＿＿＿＿＿＿＿ 일해요.

④

＿＿＿＿＿＿＿＿ 라면을 사요.

2. 請參考【範例】，並試著回答問題及完成句子。

例

백화점에서 뭐 해요?　在百貨公司做什麼？

<u>백화점에서 가방을 사요.</u>　在百貨公司買包包。

<u>백화점에서 친구를 만나요.</u>　在百貨公司和朋友見面。

<u>백화점에서 밥을 먹어요.</u>　在百貨公司吃飯。

❶

커피숍에서 뭐 해요?

_____.

_____.

_____.

❷

도서관에서 뭐 해요?

_____.

_____.

_____.

❸

집에서 뭐 해요?

_____.

_____.

_____.

❹

학교에서 뭐 해요?

_____.

_____.

_____.

3. 請參考【範例】，並試著提問與回答。

例

도서관, 책을 읽다

A : 오늘 뭐 해요?　今天做什麼呢？

B : 도서관에서 책을 읽어요.　在圖書館讀書。

❶ 집, 자다　　　　　❷ 학교, 공부하다

❸ 식당, 밥을 먹다　　❹ 교실, 숙제하다

4. 請參考【範例】，並試著提問與回答。

例

어디　哪裡

A : 어디에서 뭐 해요?　　　在哪裡做什麼呢？
B : 극장에서 영화를 봐요.　　在電影院看電影。

영화를 보다

❶

❷

❸

❹

❺

❻

1. 請參考【範例】，並試著用「에서」訪問同學並練習對話。

例

A : ○○ 씨는 <u>어디</u>에서 영화를 봐요?　在哪裡看電影呢？

B : 저는 <u>극장</u>에서 영화를 봐요.　在電影院看電影。

아르바이트하다 打工

	나	친구 : _____씨	친구 : _____씨
❶ 영화를 보다			
❷ 텔레비전을 보다			
❸ 친구를 만나다			
❹ 밥을 먹다			
❺ 커피를 사다			
❻ 커피를 마시다			
❼ 책을 읽다			
❽ 한국어를 공부하다			
❾ 숙제하다			
❿ 아르바이트하다			

학교　　　　식당　　　　극장　　　　회사　　　　교실

❶_____　❷_____　❸_____　❹_____　❺_____

도서관　　　　집　　　　백화점　　　　편의점　　　　커피숍

❻_____　❼_____　❽_____　❿_____　❿_____

▷ ④ 안+V（不；沒V）

　　「안」加在動詞和形容詞前面，表示對謂語（動詞、形容詞）的否定。但「名詞＋（做）」，例如「공부하다」（讀書）、「운동하다」（運動）、「일하다」（工作）、「숙제하다」（做作業）之類的動詞，其否定詞「안」必須放在名詞和「하다」之間。

例如：

공부해요.　（×）不讀書。

공부 **안** 해요.　（○）不讀書。

일 **안** 해요.　　不工作。

운동 **안** 해요.　不運動。

숙제 **안** 해요.　不寫作業。

例

① 텔레비전을 **안** 봐요.　　　　　不看電視。

② 밥을 **안** 먹어요.　　　　　　　不吃飯。

③ 친구를 **안** 만나요.　　　　　　不和朋友見面。

④ 운동을 **안** 해요.　　　　　　　不運動。

⑤ A : 공부해요?　　　　　　　　　讀書嗎？

　 B : 아니요, 공부 **안** 해요.　　　不，我不讀書。

⑥ A : 커피를 마셔요?　　　　　　　喝咖啡嗎？

　 B : 아니요, 커피를 **안** 마셔요.　不，我不喝咖啡。

練習文法

1. 請參考【範例】，並試著回答問題及完成句子。

例　A : 운동을 해요?　　　　　　　運動嗎？

　　B : 아니요, <u>운동을 안 해요</u>.　不，不運動。

. . . .

① A : 커피를 사요?　　　　　　② A : 일을 해요?

　 B : 아니요, _____.　　　 B : 아니요, _____.

③ A : 숙제를 해요?　　　　　　④ A : 자요?

　 B : 아니요, _____.　　　 B : 아니요, _____.

2

日常生活

2.請參考【範例】，並試著寫出完成句子。

例

영어 공부를 하다　한국어 공부를 하다

영어 공부를 안 해요 . 不學習英文。

한국어 공부를 해요 . 學習韓語。

· ·

❶

밥을 먹다　빵을 먹다

_____ .

_____ .

❷

커피를 마시다　주스를 마시다

_____ .

_____ .

❸

신문을 읽다　책을 읽다

_____ .

_____ .

❹

텔레비전을 보다　영화를 보다

_____ .

_____ .

3. 請參考【範例】，並試著提問與回答。

例

친구를 만나다

A : 오늘 친구를 만나요? 今天和朋友見面嗎？

B : 아니요, 친구를 안 만나요. 不，沒有和朋友見面。

· ·

❶ 신문을 읽다　　❷ 영화를 보다　　❸ 태권도를 배우다

❹ 숙제를 하다　　❺ 공부를 하다　　❻ 운동을 하다

4. 請參考【範例】，並試著提問與回答。

例

A : 커피를 마셔요? 喝咖啡嗎？
B : 네, 커피를 마셔요. 是的，喝咖啡。

A : 책을 읽어요? 看書嗎？
B : 아니요, 책을 안 읽어요. 일해요. 不，沒看書。在上班。

❶

❷

❸

❹

❺

❻

1. 請參考【範例】，試著訪問同學並練習對話。

오늘 뭐 해요? 今天做什麼？

例　A : ○○ 씨는 오늘 영화를 봐요?　　今天看電影嗎？
　　　B : 네, 영화를 봐요.　　　　　　是的，看電影。

　　　A : ○○ 씨는 오늘 영화를 봐요?　　今天看電影嗎？
　　　B : 아니요, 영화를 안 봐요.　　　不。不看電影。

	나	친구1 : _____	친구2 : _____
❶ 오늘 영화를 보다	네☐ 아니요☐	네☐ 아니요☐	네☐ 아니요☐
❷ 오늘 텔레비전을 보다	네☐ 아니요☐	네☐ 아니요☐	네☐ 아니요☐
❸ 오늘 한국 드라마를 보다	네☐ 아니요☐	네☐ 아니요☐	네☐ 아니요☐
❹ 오늘 친구를 만나다	네☐ 아니요☐	네☐ 아니요☐	네☐ 아니요☐
❺ 오늘 커피를 마시다	네☐ 아니요☐	네☐ 아니요☐	네☐ 아니요☐
❻ 오늘 신문을 읽다	네☐ 아니요☐	네☐ 아니요☐	네☐ 아니요☐
❼ 오늘 옷을 사다	네☐ 아니요☐	네☐ 아니요☐	네☐ 아니요☐
❽ 오늘 숙제를 하다	네☐ 아니요☐	네☐ 아니요☐	네☐ 아니요☐
❾ 오늘 운동을 하다	네☐ 아니요☐	네☐ 아니요☐	네☐ 아니요☐
❿ 오늘 아르바이트를 하다	네☐ 아니요☐	네☐ 아니요☐	네☐ 아니요☐

聽力與會話

▷ 聽力

1. 請聽完MP3對話後，選出正確的圖案。 ▶MP3-18

① •

② •

③ •

④ •

ⓐ

ⓑ

ⓒ

ⓓ

2. 請聽MP3對話，並選出正確的選項。 ▶MP3-19

（1）웨이링 씨는 지금 뭐 해요?　瑋玲小姐現在做什麼？

①  　② 　③ 　④

（2）맞는 것을 고르세요.　請選出正確的選項。

❶ 민호 씨는 오늘 일해요.

❷ 웨이링 씨는 커피를 마셔요.

❸ 민호 씨는 책을 읽어요.

會話 1 ▶MP3-20

마이클 : 웨이링 씨, 지금 뭐 해요 ?
웨이링 : 한국어를 공부해요 .
　　　　마이클 씨는 오늘 뭐 해요 ?
마이클 : 저는 오늘 친구를 만나요 .
웨이링 : 어디에서 만나요 ?
마이클 : 학교에서 만나요 .

會話 2 ▶MP3-21

유　카 : 웨이링 씨, 지금 뭐 해요?
웨이링 : 한국어를 공부해요.
유　카 : 도서관에서 공부해요?
웨이링 : 아니요, 도서관에서 공부 안 해요.
유　카 : 그럼 어디에서 공부해요?
웨이링 : 집에서 공부해요. 유카 씨도 공부해요?
유　카 : 아니요, 저는 오늘 공부 안 해요. 아르바이트해요.

그럼　那麼

敘述 ▶MP3-22

마이클 씨는 오늘 학교에서 한국어를 배워요 .
그리고 친구를 만나요 .
친구하고 같이 극장에서 영화를 봐요 .
마이클 씨는 영화를 자주 봐요 .
한국 영화를 아주 좋아해요 .

그리고　還有
(친구) 하고　和 (朋友)
같이　一起
자주　常常
아주　非常
좋아하다　喜歡

閱讀與寫作

▷ 閱讀

 請仔細閱讀以下短文後，並回答問題。

여기는 찜질방이에요. 우리 가족은 오늘 찜질방에서 놀아요. 엄마는 사우나를 아주 좋아해요. 아빠는 텔레비전을 봐요. 그리고 자요. 언니는 헬스장에서 운동해요. 동생은 PC방에서 컴퓨터를 해요. 저는 영화를 봐요. 그리고 우리 가족은 같이 밥을 먹어요.

여기	這裡
우리 가족	我家人
엄마	媽媽
아빠	爸爸
언니	姊姊
동생	弟弟、妹妹
놀다	玩
사우나	三溫暖
헬스장	健身房
컴퓨터를 하다	打電腦
이	這

（1）오늘 이 사람 가족은 어디에서 놀아요? 今天在哪裡玩？

_____

（2）맞는 것을 고르세요. 請選出正確的選項。

　❶ 엄마는 텔레비전을 봐요.　　　[○] [×]
　❷ 아빠는 운동을 해요.　　　　　[○] [×]
　❸ 언니는 컴퓨터를 해요.　　　　[○] [×]
　❹ 가족하고 같이 밥을 먹어요.　 [○] [×]

▷ 寫作

 今天在哪裡做些什麼事呢？請試著寫下來。

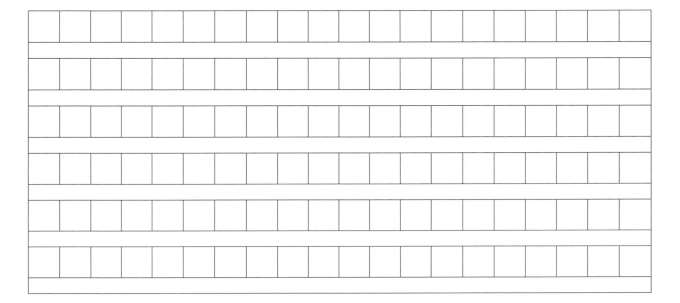

發　音

▷ 硬音化

　　當收尾音「ㄱ/ㄷ/ㅂ」遇到後一個音節的初聲為「ㄱ/ㄷ/ㅂ/ㅅ/ㅈ」時，後一個音節初聲的發音會變成「ㄲ/ㄸ/ㅃ/ㅆ/ㅉ」。

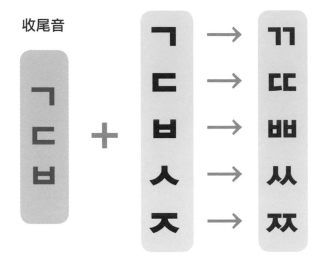

練習發音

1. 請聽MP3，並且跟著唸。　▶MP3-23

- 학교 → ㄱ + ㄱ → ㄱ + ㄲ : [학꾜]　　學校
- 식당 → ㄱ + ㄷ → ㄱ + ㄸ : [식땅]　　餐廳
- 극장 → ㄱ + ㅈ → ㄷ + ㅉ : [극짱]　　電影院
- 숙제 → ㄱ + ㅈ → ㄱ + ㅉ : [숙쩨]　　作業

2. 請聽MP3，並且跟著唸。　▶MP3-24

❶ 학교에서 공부해요.　　　　在學校讀書。
　[학꾜]

❷ 학교에서 숙제해요.　　　　在學校寫作業。
　[학꾜]　　[숙쩨]

❸ 학생 식당에서 밥을 먹어요. 在學校餐廳吃飯。
　[학쌩][식땅]

3 위치 位置

❖ **學習目標**：表達物品和場所的位置
❖ **詞彙與表達**：物品、場所、位置
❖ **文法與表現**：N이/가 있어요/없어요
　　　　　　　　N에 있어요/없어요
　　　　　　　　N 위/아래/앞/뒤
　　　　　　　　N에 가요/와요
❖ **聽力與會話**：關於目的地的對話、討論物品的位置
❖ **閱讀與寫作**：閱讀介紹家和學校位置的文章、寫一篇介紹家或學校的文章
❖ **發　　　音**：尾音ㄴ、ㅁ、ㅇ
❖ **文　　　化**：首爾景點

詞彙與表達

▷ 單字

사물 物品 ▶MP3-25

책	書	볼펜	原子筆	안경	眼鏡
책상	書桌	컴퓨터	電腦	우산	雨傘
의자	椅子	휴대폰	手機	모자	帽子
노트	筆記本	지갑	錢包	시계	手錶、時鐘

1. _____ 2. _____ 3. _____ 4. _____

5. _____ 6. _____ 7. _____ 8. _____

9. _____ 10. _____ 11. _____ 12. _____

說說看 ▶MP3-26

뭐예요?	是什麼？		
책이에요.	是書。	**노트**예요.	是筆記本。
볼펜이에요.	是原子筆。	**컴퓨터**예요.	是電腦。
책상이에요.	是書桌。	**의자**예요.	是椅子。

✐ 請寫下自己身上的物品。 → _____

장소 場所 ▶MP3-27

가게	商店	은행	銀行
시장	市場	우체국	郵局
지하철역	捷運站	병원	醫院
버스정류장	公車站	공원	公園

1. _____
2. _____
3. _____
4. _____

5. _____
6. _____
7. _____
8. _____

✏️ **請寫下自己常去的場所。** →_____

위치 位置 ▶MP3-28

위	上面	안	裡面
아래 / 밑	下面	밖	外面
앞	前面	옆	旁邊
뒤	後面	사이	之間

1. _____
2. _____
3. _____
4. _____

5. _____
6. _____
7. _____
8. _____

▷ 字彙練習

1. 請在空格裡填入合適的單字。

책　노트　볼펜　책상　의자　모자　컴퓨터
시계　안경　우산　지갑　휴대폰　가방　신문

2. 請參考【範例】，並試著回答問題及完成句子。

例

A : 어디예요?　　哪裡呢？
B : 은행이에요.　　是銀行。

. . . .

❶

B : _____예요.

❷

B : _____이에요.

❸

B : _____이에요.

3. 請參考【範例】，並試著寫出完整的問句及回答。

例

A : 책이에요?　　　　是書嗎？
B : 네, 책이에요.　　是的，是書。

A : 노트예요?　　　　是筆記本嗎？
B : 아니요, 볼펜이에요.　不，是原子筆。

. . . .

❶

A : _____예요?
B : 네, _____예요.

❷

A : _____이에요?
B : 네, _____이에요.

❸

A : 옷이에요?
B : 아니요, _____ 예요.

❹

A : _____예요?
B : 네, _____예요.

❺

A : 모자예요?
B : 아니요, _____이에요.

❻

A : 가방이에요?
B : 아니요, _____이에요.

文法與表現

▷ ① N이/가 있어요/없어요（有/沒有N）

「이/가 있어요/없어요」表達事物或人的存在與否時使用。名詞後面加「이/가 있어요」表示「有」某種人事物。「이/가 없어요」表示「沒有」。前面名詞的最後一個字，有尾音時加「이」，沒有尾音時加「가」。

例如：

有尾音N + 이	沒有尾音N + 가
옷이	친구가
책상이	시계가
볼펜이	컴퓨터가

例

① 책상이 있어요.   有書桌。

② 컴퓨터가 없어요.   沒有電腦。

③ A : 책이 있어요?   有書嗎？
    B : 네, 책이 있어요.   是的，有書。

④ A : 볼펜이 있어요?   有原子筆嗎？
    B : 아니요, 볼펜이 없어요.   不，沒有原子筆。

⑤ A : 컴퓨터가 있어요?   有電腦嗎？
    B : 네, 있어요.   是的，有。

⑥ A : 남자 친구가 있어요?   有男朋友嗎？
    B : 아니요, 남자 친구가 없어요.   不，沒有男朋友。

> 있다 有、在
> 없다 沒有、不在
> 남자 친구 男朋友

練習文法

1. 請參考【範例】，並選出合適的答案。

例 책(이)/ 가) 있어요.　　有書。

....

❶ 안경(이 / 가) 있어요.　　❷ 휴대폰(이 / 가) 없어요.

❸ 지갑(이 / 가) 있어요.　　❹  모자(이 / 가) 없어요.

2. 請參考【範例】，並試著回答問題及完成句子。

例 　A : 우산이 있어요?　　有雨傘嗎？

　　B : 네, 우산이 __있어요__.　　是的，有雨傘。

　A : 우산이 있어요?　　有雨傘嗎？

　　B : 아니요, 우산이 __없어요__.　　不，沒有雨傘。

....

❶ 　A : 볼펜이 있어요?

　　B : 네, 볼펜이 _____.

❷ 　A : 휴대폰이 있어요?

　　B : 네, 휴대폰이 _____.

❸ 　A : 노트가 있어요?

　　B : 아니요, 노트가 _____.

❹ 　A : 시계가 있어요?

　　B : 아니요, 시계가 _____.

3. 請參考【範例】，並試著提問與回答。

例

책	A : 책이 있어요?	有書嗎？
	B : 네, 책이 있어요.	是的，有書。
텔레비전	A : 텔레비전이 있어요?	有電視嗎？
	B : 아니요, 텔레비전이 없어요.	不，沒有電視。

❶ 책상　　　❷ 가방　　　❸ 우산
❹ 의자　　　❺ 시계　　　❻ 지갑

4. 請參考【範例】，並試著提問與回答。

例

커피숍	A : 커피숍이 있어요?	有咖啡店嗎？
	B : 네, 커피숍이 있어요.	是的，有咖啡店。
학교	A : 학교가 있어요?	有學校嗎？
	B : 아니요, 학교가 없어요.	不，沒有學校。

❶ 병원　　　❷ 우체국　　　❸ 도서관
❹ 백화점　　❺ 은행　　　　❻ 공원

延伸練習

1. 試著訪問同學並練習對話。

여러분은 지금 뭐가 있어요? 뭐가 없어요?　各位目前有什麼？沒有什麼呢？

例

A : 책이 있어요?　　　　　有書嗎？
B : 네, 책이 있어요.　　　 是的，有書。

A : 컴퓨터가 있어요?　　　有電腦嗎？
B : 아니요, 컴퓨터가 없어요.　不，沒有電腦。

이 / 가 있어요.

이 / 가 없어요.

나		친구 : ＿＿＿＿＿씨	
있어요 ☺	없어요 ☹	있어요 ☺	없어요 ☹
❶		❶	
❷		❷	
❸		❸	

▷ ② N에 있어요/없어요 （在N/不在N）

　　「N에 있어요」接在表示位置的名詞之後，說明人或事物在該處。相反詞是「N에 없어요」則表示不在該處。

例

❶ 어디**에 있어요**?　　　　　　　　在哪裡呢？

❷ 책이 가방**에 있어요**.　　　　　　書在書包裡。

❸ 친구가 도서관**에 없어요**.　　　　朋友不在圖書館。

❹ 지하철역이 어디**에 있어요**?　　　捷運站在哪裡呢？

❺ A : 마이클이 어디**에 있어요**?　　麥可在哪裡呢？

　　B : 은행**에 있어요**.　　　　　他在銀行。

❻ A : 제임스가 교실**에 있어요**?　　詹姆斯在教室嗎？

　　B : 아니요, 교실**에 없어요**.　　不，他不在教室。

　　「N에」可以放置於「N이/가」之前面。

例如：

- 학생들이 <u>교실에</u> 있어요.　　　　學生們在教室。

　= <u>교실에</u> 학생들이 있어요.　　教室裡有學生們。

- 유카 씨가 <u>버스정류장에</u> 있어요.　由夏小姐在公車站。

　= <u>버스정류장에</u> 유카 씨가 있어요.　在公車站有由夏小姐。

- 가방에 뭐가 있어요?　　　　　　　在包包裡有什麼?

> 학생들　學生們

練習文法

1. 請參考【範例】，並試著回答問題及完成句子。

例

A : 지현이 <u>어디에 있어요</u>?   智賢在哪裡呢？

B : <u>커피숍에 있어요</u>.   她在咖啡店。

❶

A : 마이클이 _____?

B : _____.

❷

A : 웨이링이 _____?

B : _____.

❸

A : 민호가 _____?

B : _____.

❹

A : 메이가 _____?

B : _____.

2. 請參考【範例】，並試著說說看。

例

볼펜   볼펜이 가방에 있어요.   原子筆在書包裡。

모자   모자가 가방에 없어요.   帽子不在書包裡。

❶ 시계   ❷ 휴대폰   ❸ 안경
❹ 우산   ❺ 지갑   ❻ 책

3. 請參考【範例】，並試著提問與回答。

例

볼펜	A : 가방에 볼펜이 있어요?	書包裡有原子筆嗎？
	B : 네, 가방에 볼펜이 있어요.	是的，書包裡有原子筆。
모자	A : 가방에 모자가 있어요?	書包裡有帽子嗎？
	B : 아니요, 가방에 모자가 없어요.	不，書包裡沒有帽子。

❶ 시계　　❷ 휴대폰　　❸ 안경
❹ 우산　　❺ 지갑　　❻ 책

4. 請參考【範例】，並試著提問與回答。

방 房間
침대 床

例

| 교실 / 책상 | A : 교실에 뭐가 있어요? | 在教室有什麼？ |
| | B : 책상이 있어요. | 有書桌。 |

❶ 교실 / 의자　　❷ 교실 / 컴퓨터　　❸ 가방 / 우산
❹ 가방 / 핸드폰　　❺ 방 / 침대　　❻ 방 / 텔레비전

5. 請參考【範例】，並試著和班上同學練習對話。

타이페이 臺北
근처 附近

例

타이페이 / 공원

A : 집이 어디에 있어요?
　　你家在哪裡？

B : ___타이페이___ 에 있어요.　　在臺北。

A : 집 근처에 뭐가 있어요?　　家附近有什麼呢？

B : ___공원___ 이 있어요.　　有公園。

	나	친구1	친구2	친구3
집이 어디에 있어요?				
집 근처에 뭐가 있어요?				

6. 請參考【範例】，並試著提問與回答。

3 位 置

例

A : 남산에 뭐가 있어요?

在南山有什麼？

B : 서울타워가 있어요.

有首爾塔。

남산 / 서울타워

남산　南山
N 서울타워　首爾塔
명동　明洞
인사동　仁寺洞
대학로　大學路
신촌　新村

❶

명동 / 백화점

❷

인사동 / 가게하고 커피숍

❸

대학로 / 극장하고 공원

❹

신촌 / 대학하고 백화점

1. 請參考【範例】，並試著提問與回答。

친구들이 어디에 있어요?　朋友們在哪裡？

例

A : 웨이링이 어디에 있어요?　瑋玲在哪裡呢？
B : 극장에 있어요.　　　　　她在電影院。

. . . .

스티븐

안나

에린

서영

지현

유카

메이

민호

마이클

▷ ③ N위/아래/앞/뒤/안/밖/옆/사이（N上面/下面/前面/後面/裡面/外面/旁邊/之間）

接續在名詞之後，以該名詞爲基準，表示人或事物的位置。

例如：

・以書桌爲基準，指出書在上面的位置時：

　　책이 책상 **위**에 있어요.　　　　　　書在書桌上面。

・椅子爲基準，指出包包在下面的位置時：

　　가방이 의자 **아래**에 있어요.　　　　包包在椅子下面。

例

❶ 공원 **앞**에 시장이 있어요.　　　　公園前面有市場。

❷ 우리 집 **뒤**에 가게가 있어요.　　我家後面有商店。

❸ 우산이 가방 **안**에 있어요.　　　　雨傘在包包裡。

❹ 사람들이 건물 **밖**에 있어요.　　　人們在大樓外面。

❺ A : 지현 씨 **옆**에 누가 있어요?　誰在智賢小姐旁邊呢？

　　B : 웨이링 씨가 있어요.　　　　　瑋玲小姐在她的旁邊。

❻ A : 우체국이 어디에 있어요?　　　郵局在哪裡呢？

　　B : 은행하고 병원 **사이**에 있어요.　在銀行和醫院的中間。

> 사람들　人們
> 건물　大樓、建築
> 누가　誰

練習文法

1. 請參考【範例】，並選出合適的答案。

例   칠판은 선생님 (앞 / 뒤)에 있어요.   白板在老師的後面。

칠판 白板

❶ 컴퓨터는 책상 (위 / 아래)에 있어요.

❷ 시계는 칠판 (앞 / 옆)에 있어요.

❸ 선생님은 칠판 (앞 / 뒤)에 있어요.

❹ 가방은 책상 (위 / 아래)에 있어요.

❺ 의자는 책상하고 선생님 (앞 / 사이)에 있어요.

2. 請參考【範例】，並寫出合適的答案。

例

A : 고양이가 의자 위에 있어요?　貓在椅子上嗎？

B : 아니요, 의자 __옆__ 에 있어요.　不，在椅子旁邊。

. . . .

❶

A : 고양이가 의자 옆에 있어요?

B : 아니요, 의자 _____ 에 있어요.

| 고양이　貓 |
| 상자　箱子 |

❷

A : 고양이가 의자 앞에 있어요?

B : 아니요, 의자 _____ 에 있어요.

❸

A : 고양이가 상자 뒤에 있어요?

B : 아니요, 상자 _____ 에 있어요.

❹

A : 고양이가 상자 안에 있어요?

B : 아니요, 상자 _____ 에 있어요.

3. 請參考【範例】，並試著提問與回答。

例　**커피숍 / 극장**

A : 커피숍이 어디에 있어요?　咖啡店在哪裡？

B : 극장 아래에 있어요.　在電影院下方。

. . . .

❶ 극장 / 커피숍　　❷ 은행 / 극장　　❸ 병원 / 극장

❹ 식당 / 우체국, 백화점　❺ 백화점 / 식당　❻ 버스정류장 / 백화점

▷ ④ N에 가요/와요（去/來N）

「N에 가요/와요」接續在場所名詞之後，表示去或來該目的地。

① A : 어디에 가요?　　　　　　　你去哪裡？
　　B : 학교에 가요.　　　　　　　我去學校。

② A : 집에 가요?　　　　　　　　你回家嗎？
　　B : 네, 집에 가요.　　　　　　是，我回家。

③ A : 은행에 가요?　　　　　　　你去銀行嗎？
　　B : 아니요, 우체국에 가요.　　不，我去郵局。

④ 친구가 우리 집에 와요.　　　　朋友來我家。

⑤ A : 마이클은 오늘 학교에 와요?　麥可今天來學校嗎？
　　B : 아니요, 학교에 안 와요.　　不，他沒來學校。

⑥ A : 오늘 어디에 가요?　　　　　你今天去哪裡？
　　B : 커피숍에 가요.　　　　　　我去咖啡店。
　　A : 커피숍에서 뭐 해요?　　　在咖啡店做什麼呢？
　　B : 커피숍에서 친구를 만나요.　在咖啡店和朋友見面。

| 가다 去 |
| 오다 來 |

補充

에/에서

　　「에」和「에서」都是加在場所名詞後面，「에」表達移動或存在與否時使用，如「N에 가요/와요」（去/來N）或「N에 있어요/없어요」（在/不在N），而「에서」表達某個行為或動作發生的地點，所以總是與動作動詞一起使用。

例

- 학교에 가요.　　　　　　去學校。
　학교에서 공부해요.　　　在學校讀書。
- 극장에 가요.　　　　　　去電影院。
　극장에서 영화를 봐요.　在電影院看電影。
- 저는 오늘 집에 있어요.　我今天在家。
　집에서 쉬어요.　　　　　在家裡休息。

練習文法

1. 請參考【範例】，並選出合適的答案。

 例

 마이클은 학교(에/ 에서) 가요.　麥可去學校。

· ·

❶  민호는 회사(에 / 에서) 가요.

❷  민호는 회사(에 / 에서) 일해요.

❸  마이클은 학교(에 / 에서) 한국어를 배워요.

❹  안나는 병원(에 / 에서) 가요.

❺  엄마는 시장(에 / 에서) 가요.

❻  친구하고 공원(에 / 에서) 있어요.

2. 請參考【範例】，並試著回答問題及完成句子。

A : 어디에 가요?　　你去哪裡？

B : **공원에 가요**　.　我去公園。

공원

. . . .

❶

B : ＿＿＿＿＿＿＿＿＿ .

❷

B : ＿＿＿＿＿＿＿＿＿ .

❸

B : ＿＿＿＿＿＿＿＿＿ .

❹

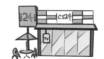

B : ＿＿＿＿＿＿＿＿＿ .

3. 請參考【範例】，並試著提問與回答。

거기　那裡
과일　水果

A : 어디에 가요?　　去哪裡？

B : 공원에 가요.　　去公園。

A : 거기에서 뭐 해요?　在那裡做什麼？

B : 공원에서 운동해요.　在公園運動。

공원 / 운동하다

. . . .

❶ 극장 / 영화를 보다　　　　❷ 편의점 / 커피를 사다

❸ 회사 / 일하다　　　　　　❹ 가게 / 가방을 사다

❺ 시장 / 과일을 사다　　　　❻ 도서관 / 책을 읽다

延伸練習

1. 請參考【範例】，並試著和同學聊天。

여러분은 오늘 어디에 가요?　各位今天去哪裡？

例　A : ○○ 씨는 오늘 어디에 가요?　○○先生、小姐今天去哪裡？
　　B : 저는 학교에 가요.　　　　　　　我去學校。

질문	나	친구 : _____
❶ 오늘 어디에 가요?		
❷ 거기에서 뭐 해요?		
❸ 어디에 자주 가요?		
❹ 거기에서 뭐 해요?		
❺ 집이 어디에 있어요?		
❻ 집 근처에 뭐가 있어요?		
❼ 집 근처 어디에 자주 가요?		
❽ 거기에서 뭐 해요?		

가게　　　　　　식당　　　　　　편의점　　　　　커피숍

❶ _____　❷ _____　❸ _____　❹ _____

병원　　　　　　공원　　　　　　우체국　　　　　은행

❺ _____　❻ _____　❼ _____　❽ _____

聽力與會話

▷ 聽力

1. 請聽MP3內容，並選出正確的選項。 ▶MP3-29

❶ [○] [×]
❷ [○] [×]
❸ [○] [×]
❹ [○] [×]

2. 請聽MP3對話，並選出正確的選項。 ▶MP3-30

지현하고 웨이링은 오늘 어디에 가요?　智賢和瑋玲今天去哪裡？

❶

 지현 •

 ⓐ

 ⓑ

❷

 웨이링 •

 ⓒ

 ⓓ

▷ 對話與敘述

會話 1 ▶MP3-31

메　이 : 지현 씨, 제 책상 위에 지갑이 있어요 ?
지　현 : 아니요. 없어요.
　　　　컴퓨터하고 시계가 있어요.
메　이 : 컴퓨터 옆에 지갑이 없어요 ?
지　현 : 아, 컴퓨터 뒤에 있어요.

會話 2 ▶MP3-32

지　현 : 지호 씨, 대만은행이 어디에 있어요 ?
지　호 : 우리 학교 근처에 있어요.
지　현 : 학교 근처 어디에 있어요 ?
지　호 : 학교 뒤에 버스정류장이 있어요.
　　　　대만 은행은 버스정류장 옆에 있어요.
지　현 : 아 네, 고마워요.

| 대만은행 | 台灣銀行 |
| 고마워요 | 謝謝 |

敘述 ▶MP3-33

우리 집은 타이페이에 있어요.
집 앞에는 버스정류장이 있어요.
집 옆에는 은행하고 우체국이 있어요.
집 뒤에는 공원이 있어요.
저는 그 공원에 자주 가요.
공원에서 운동해요.

| 그 | 那 |

閱讀與寫作

▷ 閱讀

 請仔細閱讀以下短文，並回答問題。

우리 집은 서울 남산 근처에 있어요. 남산에는 N서울타워하고 공원이 있어요. 저는 그 공원에서 운동해요. 남산 근처에는 명동이 있어요. 명동에는 백화점, 가게 그리고 커피숍이 많아요. 그래서 저는 명동에 자주 가요.

우리 학교는 신촌에 있어요. 신촌에는 대학교, 극장, 식당이 많아요. 신촌 근처에 홍대입구가 있어요. 우리 학교 학생들은 홍대입구에 자주 가요. 저도 보통 홍대입구에서 친구를 만나요.

(1) 이 사람 학교는 어디에 있어요? 學校在哪裡？

_____ .

(2) 맞는 것을 고르세요. 請選出正確的選項。

❶ 남산 근처에 명동이 있어요.   [○] [×]

❷ 오늘도 명동에 가요.   [○] [×]

❸ 신촌 근처에 홍대입구가 있어요.   [○] [×]

❹ 오늘 홍대입구에서 친구를 만나요.   [○] [×]

> 많다 多的
> 그래서 所以
> 보통 通常
> 홍대입구 弘大入口

▷ 寫作

 各位的學校或者家在哪裡呢？學校和家附近有什麼呢？請試著寫下來。

發　音

▷ 尾音「ㄴ」、「ㅁ」、「ㅇ」

　　尾音「ㄴ」和「ㅇ」的發音聽起來相似，但發音時舌位不同。「ㄴ」發音時，是將舌尖碰到上牙齦，而「ㅇ」發音時，則是將舌頭貼在下顎。而「ㅁ」是閉上嘴唇發音。

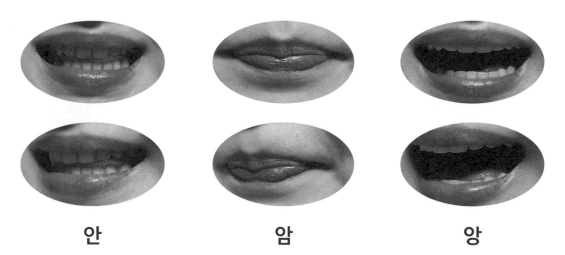

안　　　　　　　　　암　　　　　　　　　앙

練習發音

1. 請聽MP3，並且跟著唸。　▶MP3-34

- 안경　　　眼鏡
- 은행　　　銀行
- 병원　　　醫院
- 공원　　　公園
- 이름　　　名字
- 사람　　　人
- 선생님　　老師

2. 請聽MP3，並且跟著唸。　▶MP3-35

❶ A : 한국어 선생님은 대만 사람이에요?　　　韓文老師是台灣人嗎？
　　B : 아니요, 우리 선생님은 한국 사람이에요.　不，我們的老師是韓國人。

❷ A : 어디에 가요?　　　　　　　　　　　　　去哪裡？
　　B : 은행하고 병원에 가요.　　　　　　　　去銀行和醫院。

서울 어디에 가요 ? 首爾景點

你去過首爾嗎？去過哪裡呢？

　　N首爾塔位於韓國首爾景色優美的南山山頂，是韓國和首爾象徵性的地標。而明洞則是年輕人及遊客常造訪的地區，是首爾各大化妝品、護膚品專賣店及時裝店等具有代表性的購物區。首爾的大學路沒有大學，但是有公園，以及許多戲劇、話劇、歌劇、音樂劇場，是首爾代表性的文化大街。此外，仁寺洞有許多的畫廊、美術館、古董店及工藝品商店，是個文化藝術街。新村一帶有延世大學、梨花女子大學、西江大學和弘益大學等學校，讓這一區域有獨樹一格的學風，附近更有商店、百貨公司、餐廳、酒吧、網咖等娛樂場所，是年輕人經常聚集的地區。

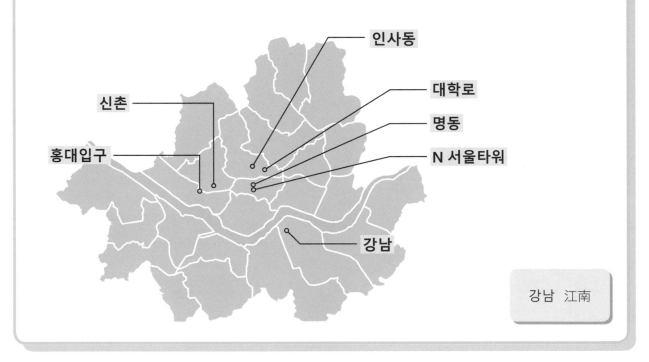

신촌

홍대입구

인사동

대학로

명동

N 서울타워

강남

강남　江南

4 날짜와 요일 日期與星期

❖ 學 習 目 標：日期與星期
❖ 詞彙與表達：數字、日期、星期
❖ 文法與表現：N이/가
　　　　　　　몇 N
　　　　　　　（時間）N에
　　　　　　　V-았어요/었어요/했어요
❖ 聽力與會話：日期與星期的表達、詢問計畫、描述一天所做的事情
❖ 閱讀與寫作：閱讀關於韓國紀念日的文章，練習寫一篇日記
❖ 發　　　音：ㄹ的鼻音化
❖ 文　　　化：韓國的公休日

詞彙與表達

▷ 單字

漢字音數字 ▶MP3-36

공 / 영	0	일	1	이	2	삼	3
사	4	오	5	육	6	칠	7
팔	8	구	9	십	10		

說說看 ▶MP3-37

0912 345 678이에요.

공구일이 삼사오 육칠팔이에요.

010-9876-5432예요.

공일공의[에] **구팔칠육**의[에] **오사삼이**예요.

02-2345-6789예요.

공이[에] **이삼사오**[에] **육칠팔구**예요.

✏ **請用韓文寫下自己的手機號碼。** →_____

월 月 ▶MP3-38

일월	1月	이월	2月	삼월	3月	사월	4月
오월	5月	**유**월	6月	칠월	7月	팔월	8月
구월	9月	**시**월	10月	십일월	11月	십이월	12月

說說看 ▶MP3-39

오늘은 7[칠]월 6[육]일이에요.　　今天是7月6日。

오늘은 6[유]월 10[십]일이에요.　　今天是6月10日。

오늘은 10[시]월 21[이십일]일이에요.　今天是10月21日。

✏ **請用韓文寫下今天是幾月幾號。** →_____

요일 星期 ▶MP3-40

월요일	화요일	수요일	목요일	금요일	토요일	일요일
星期一	星期二	星期三	星期四	星期五	星期六	星期日

평일　平日　　　　　　　　　　　　　　　　　주말　週末

說說看 ▶MP3-41

오늘은 **월요일**이에요.　今天星期一。
오늘은 **토요일**이에요.　今天星期六。
주말이에요.　　　　　是週末。

✎ **請用韓文寫下今天是星期幾。 →**_____

1. 請參考【範例】，並試著用韓文寫下電話號碼並說說看。

061-641-2700이에요.

공육일의 육사일의 이칠공공 _____ 이에요.

❶

_____ 예요.

❷

_____ 이에요.

❸

_____ 이에요.

❹

_____ .

❺

_____ .

2. 請在空格裡填入合適的單字。

일 이 삼 사 오 육 칠 팔 구 십 월 일
일요일 월요일 화요일 수요일 목요일 금요일 토요일

Sunday	Monday	Tuesday	Wednesday	Thursday	Friday	Saturday
			수요일			
5월	1 일	2	3	4	5 어린이날	6
7	8 어버이날	9	10	11	12	13
		구			십이	
14	15 스승의날	16	⑰ 오늘	18	19	20
21	22	23	24 부처님오신날	25	26	27
28	29	30 삼십	31			

3. 請參考上面的月曆，填入合適的單字。

❶ 어린이날은 5☐ 5일이에요.　　　　兒童節是5月5日。

❷ 어버이날은 5월 8☐이에요.　　　　父母節是5月8日。

❸ 스승의 날은 5☐ 15☐이에요.　　　教師節是5月15日。

❹ 부처님 오신 날은 5☐ 24☐이에요.　佛誕日是5月24日。

❺ 5월 13일은 ☐☐☐이에요.　　　　5月13日是星期六。

❻ 오늘은 5☐ 17☐ ☐☐☐이에요.　今天是5月17日星期三。

어린이날　兒童節
어버이날　父母節
스승의 날　教師節
부처님 오신 날　佛誕日

文法與表現

▷ ① N이/가（主格助詞）

「이/가」是主格助詞，加在名詞、代詞、數詞後面，表示句子中的主語。當前面的詞彙的最後一個字有尾音時要加上「이」，沒有尾音時則要加上「가」。

例如：

有尾音N＋이	沒有尾音N＋가
동생**이**	언니**가**
이름**이**	민호 씨**가**

> 언니、누나 姊姊
> 오빠、형 哥哥

但是，當助詞「이/가」和「나/저」（我）結合時，不寫做「나가」、「저가」，而是寫做「내가」、「제가」。

例如：

나가 커피를 사요.　　（×）→ 내가 커피를 사요.　　（○）我買咖啡。

저가 일해요.　　　　（×）→ 제가 일해요.　　　　（○）我工作。

例

1. 형**이** 책을 읽어요.　　　　哥哥看書。
2. 친구**가** 커피를 마셔요.　　朋友喝咖啡。
3. 이름**이** 뭐예요?　　　　　名字是什麼？
4. 동생**이** 텔레비전을 봐요.　弟弟（妹妹）看電視。
5. 마이클 씨**가** 한국어를 배워요.　麥可先生學韓語。
6. 오늘**이** 토요일이에요.　　今天是星期六。

補充

이/가和은/는

通常在句中第一次提到主語、新資訊、新主題時，會使用「이/가」。相對的，「은/는」則用於前面已經提過的內容、相同的主語，或對話的雙方都已知道而在談論的主題。

例

- A : 이름**이** 뭐예요?　　　　名字是什麼？
  B : 제 이름**은** 김지현이에요.　我的名字是金智賢。
- A : 웨이링**이** 어디에 있어요?　瑋玲在哪裡？
  B : 웨이링**은** 학교에 있어요.　瑋玲在學校。
- A : 민호**가** 우체국에 있어요?　敏鎬在郵局嗎？
  B : 네, 민호**는** 우체국에 있어요.　是的，敏鎬在郵局。

練習文法

1. 請參考【範例】，並寫出合適的答案。

例

언니 **가** 쉬어요.　姊姊在休息。

웃다 笑

❶

동생___ 자요.

❷

형___ 공부해요.

❸

웨이링___ 웃어요.

❹

누나___ 운동해요.

2. 請參考【範例】，並選出合適的答案。

例
A : 이름(이 / 가) 뭐예요?　名字是什麼？
B : 저(은 / 는) 웨이링이에요.　我是瑋玲。

❶ A : 선생님(이 / 가) 한국 사람이에요?
B : 네, 선생님(은 / 는) 한국 사람이에요.

❷ A : 친구(이 / 가) 회사원이에요?
B : 네, 친구(은 / 는) 회사원이에요.

❸ A : 동생(이 / 가) 뭐 해요?
B : 동생(은 / 는) 숙제해요.

❹ A : 메이 씨(이 / 가) 일해요?
B : 아니요, 메이 씨(은 / 는) 공부해요.

▷ ② 몇（幾）

「몇」表示「幾」。通常後面會加上量詞或單位，用來詢問後面所接續名詞的數量，成為疑問句「幾？」。

例如：

幾月	幾號（碼）
몇 월	몇 번

但是，詢問「幾日」時，不寫成「몇일」，而是按照實際發音改寫成「며칠」（幾日）。而詢問日期時會說「몇 월 며칠이에요?」（幾月幾日？）或「며칠이에요?」（幾日？），比較常使用的是縮寫的「며칠이에요?」。

例如：

몇 월 몇 일이에요?　　（×）幾月幾號？
→ 몇 월 며칠이에요?　　（○）
몇 일이에요?　　（×）是幾號？
→ 며칠이에요?　　（○）

例

1. 전화번호가 **몇 번**이에요?　　電話號碼是幾號？
2. 생일이 **몇 월**이에요?　　生日是幾月？
3. **몇 월 며칠**이에요?　　是幾月幾號？
4. **며칠**이에요?　　是幾號？
5. A : 오늘이 **몇 월 며칠**이에요?　　今天是幾月幾號？
   B : 시월 십 일이에요.　　10月10日。
6. A : **몇 월**이에요?　　幾月？
   B : 유월이에요.　　6月。

전화번호 電話號碼
생일 生日

補充

6月[유월]和10月[시월]的讀音，不只是發音，就連寫法也按照讀音來標記。另外，數字後面加「월」（月）發音時，需要注意連音。

1月	3月	6月	7月	8月	10月	11月	12月
일월	삼월	유월	칠월	팔월	시월	십일월	십이월
[이뤌]	[사뭘]	[유월]	[치뤌]	[파뤌]	[시월]	[시비뤌]	[시비월]

練習文法

1. 請參考【範例】，寫出合適的答案，並試著提問與回答。

팩스 傳真

例

A : 전화번호가 몇 번이에요?　電話號碼是幾號？
B : 2198-3467이에요.　　　是2198-3467。
[이일구팔의 삼사육칠]

❶

A : 집 전화번호가 몇 번이에요?
B : 393-4579예요. [　　　　　　　　]

❷

A : 회사 전화번호가 몇 번이에요?
B : 2910-9858이에요. [　　　　　　　]

❸

A : 휴대폰 번호가 몇 번이에요?
B : 010-8963-1234예요. [　　　　　　]

❹

A : 팩스 번호가 몇 번이에요?
B : 02-8765-4321이에요. [　　　　　]

2. 請參考【範例】，試著和班上同學交換電話號碼，並寫出同學的名字和電話號碼。

例

0912-345-678

A : 이름이 뭐예요?　　　　　　　　　名字是什麼？
B : 이민호예요. / 웨이링이에요.　　　是李敏鎬 / 是瑋玲。
A : 전화번호가 몇 번이에요?　　　　電話號碼是幾號？
B : 공구일이의 삼사오의 육칠팔이에요.　是0912-345-678。

친구 이름	전화번호
웨이링	공구일이의 삼사오의 육칠팔이에요 . (0912-345-678)
❶	
❷	
❸	
❹	

3. 請參考【範例】，寫出合適的答案，並試著提問與回答。

例

1월／11일

A：오늘이 몇 월 며칠이에요?　今天是幾月幾號？

B：<u>일 월 십일 일</u> 이에요.　是一月十一號。

....

❶

3월／4일

❷

6월／6일

❸

8월／17일

❹ _____

10월／10일

_____

❺ _____

11월／30일

_____

❻ _____

12월／25일

_____

4. 請參考【範例】，並試著提問與回答。

2월

일	월	화	수	목	금	토
1	2	3	4	5	6	7
				설날		
8	9	10	11	12	13	14
			오늘			발렌타인데이
15	16	17	18	19	20	21
		생일				
22	23	24	25	26	27	28
	졸업식					

설날　春節
발렌타인데이　西洋情人節
졸업식　畢業典禮
무슨 요일　星期幾

例

발렌타인데이 /
2월 14일 /
토요일

A：발렌타인데이가 며칠이에요?　情人節是幾號？

B：이 월 십사 일이에요.　二月十四日。

A：무슨 요일이에요?　星期幾呢？

B：토요일이에요.　是星期六。

....

❶ 설날 / 2월 5일 / 목요일　　❷ 오늘 / 2월 11일 / 수요일

❸ 생일 / 2월 17일 / 화요일　　❹ 졸업식 / 2월 23일 / 월요일

延伸練習

1. 請試著訪問同學，並練習對話。

언제 什麼時候

생일이 몇 월 며칠이에요? 생일이 언제예요?　生日是幾月幾日？生日是什麼時候？

例　A : 안녕하세요. 이름이 뭐예요?　　　　　你好，名字是什麼？
　　B : 웨이링이에요.　　　　　　　　　　是瑋玲。
　　A : 생일이 몇 월 며칠이에요?　　　　　生日是幾月幾號？
　　　　/ 생일이 언제예요?　　　　　　　　生日是什麼時候？
　　B : 칠월 칠일이에요.　　　　　　　　是七月七號。
　　A : 전화번호가 몇 번이에요?　　　　　電話號碼是幾號？
　　B : 공구일이의[에] 삼사오의[에] 육칠팔이에요.　0912-345-678。

친구 이름	생일	전화번호
웨이링	칠월 칠일 (7 / 7)	공구일이의 삼사오의 육칠팔이에요____. (0912-345-678)
❶		
❷		
❸		
❹		
❺		

4
日期與星期

▷ ③ N에（N的時候〔時間〕）

「에」加在時間名詞後面，表示動作、行爲或狀態發生的時間，相當於中文「在～的時候」的意思。例如要表示「在某個時間」或「在某個時候」時，就必須要加時間助詞「에」。

例

❶ 12일에 친구를 만나요.　　12號的時候和朋友見面。

❷ 목요일에 한국어를 배워요.　星期四的時候學韓語。

❸ 토요일에 영화를 봐요.　　星期六的時候看電影。

❹ 생일에 케이크를 먹어요.　生日的時候吃蛋糕。

❺ A : 평일에 뭐 해요?　　　平日的時候做什麼呢？

　 B : 평일에 일해요.　　　平日的時候上班。

❻ A : 언제 운동해요?　　　什麼時候運動？

　 B : 주말에 운동해요.　　在週末運動。

어제 昨天
내일 明天

「에」通常與時間名詞結合使用，但「어제」（昨天）、「오늘」（今天）、「내일」（明天）、「지금」（現在）、「언제」（什麼時候）等單字後面，不加時間助詞「에」。

例

　　　　오늘에 한국어를 배워요.　（×）今天學韓語。

　　→ 오늘 한국어를 배워요.　（○）

　　　　지금에 뭐 해요?　　　　（×）現在做什麼？

　　→ 지금 뭐 해요?　　　　　（○）

＊時間1＋에（時間助詞）
　1월 23일　월요일　화요일　수요일　목요일　금요일　토요일　일요일
　평일　주말　생일　크리스마스

＊時間2＋에（×）
　오늘　어제　내일　지금　언제

練習文法

1. 請參考【範例】，並寫出合適的答案。

例

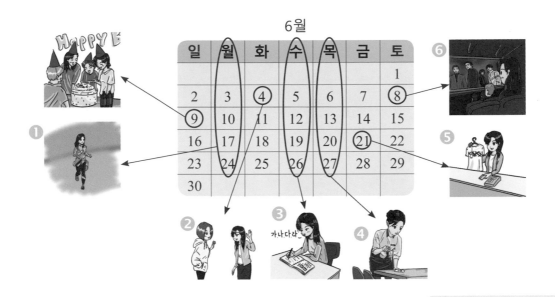

例

6월 9일에 ___생일 파티를 해요___. 在6月9號開生日派對。

파티를 하다 開派對

· ·

① 월요일 _____.

② 6월 4일 _____.

③ 수요일 _____.

④ 목요일 _____.

⑤ 6월 21일 _____.

⑥ 6월 8일 토요일 _____.

2. 請參考【範例】，需要寫出時間助詞的請寫「에」，不需要的打「×」。

例

1월 1일<u>**에**</u>　쉬어요.　　1月1號休息。

지금<u>✕</u>　책을 읽어요.　　現在看書。

❶ 주말_____ 쇼핑해요.
❷ 토요일_____ 영화를 봐요.
❸ 언제_____ 한국어를 공부해요?
❹ 생일_____ 파티를 해요.
❺ 오늘_____ 친구를 만나요.
❻ 몇 월 며칠_____ 한국에 가요?

3. 請參考【範例】，並試著提問與回答。

例

영화를 보다 / 주말

A : 언제 영화를 봐요?　　什麼時候看電影呢？
B : 주말에 영화를 봐요.　　在週末看電影。

❶ 한국어를 공부하다 / 목요일　　❷ 운동을 하다 / 토요일
❸ 파티를 하다 / 크리스마스　　❹ 학교에 가다 / 평일
❺ 옷을 사다 / 5 월 20 일　　❻ 태권도를 배우다 / 8 월

延伸練習

1. 請試著訪問同學並練習對話。

일주일 동안 무엇을 해요? 　一個星期之間做什麼呢？

마이클　　**웨이링**

A : 마이클 씨, 월요일에 뭐 해요?

麥可先生，星期一做什麼呢？

B : 저는 월요일에 한국어를 배워요.

我星期一學韓語。

웨이링 씨는 월요일에 뭐 해요?

瑋玲小姐星期一做什麼呢？

A : 저는 월요일에 아르바이트해요.

我星期一的時候打工。

나의 계획 我的計畫

일요일	월요일	화요일	수요일	목요일	금요일	토요일

_____ **씨의 계획** _____先生、小姐的計畫

일요일	월요일	화요일	수요일	목요일	금요일	토요일

청소하다 打掃

參考單字

학교에 가다	한국어를 배우다	쇼핑하다
친구를 만나다	집에서 쉬다	운동하다
텔레비전을 보다	공부하다	청소하다
책을 읽다	컴퓨터하다	숙제하다

▷ ④ V - 았어요 / 었어요 / 했어요 (動詞的過去式)

　　「-았/었/했」用來表示「動作、行爲的完成」或是「過去發生的事情」。「-았어요 / 었어요 / 했어요」是過去式的語尾。

　　當要加上動詞過去式的語尾時，首先將現在式語尾的「-요」去掉，再加上「-ㅆ어요」，就會形成過去式。或者要先將原形的「-다」去掉，再依照「-다」前面字的母音可分爲3種形態。如果母音爲「ㅏ、ㅗ」時，要加上「-았어요」，母音爲非「ㅏ、ㅗ」時，則要加上語尾「-었어요」，若原形的語尾爲「-하다」時，則要去掉「-하다」，改爲「-했어요」。

例

- 요 → - ㅆ어요								
母音ㅏ、ㅗ → 았어요			其他母音 → 었어요			하다 → 했어요		
가다	가요	갔어요	쉬다	쉬어요	쉬었어요	일하다	일해요	일했어요
사다	사요	샀어요	먹다	먹어요	먹었어요	공부하다	공부해요	공부했어요
자다	자요	잤어요	읽다	읽어요	읽었어요	숙제하다	숙제해요	숙제했어요
만나다	만나요	만났어요	마시다	마셔요	마셨어요	운동하다	운동해요	운동했어요
보다	봐요	봤어요	배우다	배워요	배웠어요	쇼핑하다	쇼핑해요	쇼핑했어요

＊「가다、사다、자다」的過去式不是「가았어요、사았어요、자았어요」而是「갔어요、샀어요、잤어요」。

補充

　　「이에요 / 예요」的過去式爲「이었어요 / 였어요」。

　　例如：

　　　　저는 학생이에요.　☞　　저는 학생**이었어요**.　我以前是學生。

　　　　저는 기자예요.　☞　　저는 기자**였어요**.　我以前是記者。

例

❶ 어제 학교에 **갔어요**.　　　　　昨天去學校。

❷ 주말에 집에서 **쉬었어요**.　　　　週末在家休息。

❸ 오늘 오전에 빵을 **먹었어요**.　　　今天上午吃了麵包。

❹ 어제 오후에 친구를 **만났어요**.　　昨天下午和朋友見了面。

❺ A : 어제 뭐 **했어요**?　　　　　　昨天做了什麼？

　　B : 영화를 **봤어요**.　　　　　　看了電影。

❻ A : 숙제를 **했어요**?　　　　　　功課寫了嗎？

　　B : 네, **했어요**.　　　　　　　是，寫了。

오전　上午
오후　下午

練習文法

1. 請寫出動詞的過去式。

母音 ㅏ、ㅗ → 았어요		其他母音 → 었어요		하다 → 했어요	
가다		쉬다		일하다	
사다		먹다		공부하다	
자다		읽다		숙제하다	
만나다		마시다		운동하다	
보다		배우다		쇼핑하다	

2. 請參考【範例】，並試著完成句子。

例

오늘 __공부해요__ .　今天讀書。

어제도 __공부했어요__ .　昨天也讀了書。

공부하다

❶

오늘 _____ .

어제도 _____ .

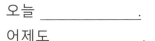
텔레비전을 보다

❷

오늘 _____ .

어제도 _____ .

친구를 만나다

❸

오늘 _____ .

어제도 _____ .

책을 읽다

❹

오늘 _____ .

어제도 _____ .

커피를 마시다

❺

오늘 _____ .

어제도 _____ .

운동하다

❻

오늘 _____ .

어제도 _____ .

일하다

3. 請參考【範例】，並試著提問與回答。

例

학교 / 한국어를 배우다

A : 어제 어디에 갔어요?　　昨天去了哪裡呢？
B : 학교에 갔어요.　　去了學校。
A : 거기에서 뭐 했어요?　　在那裡做了什麼呢？
B : 한국어를 배웠어요.　　學了韓語。

오전 / 도서관, 책을 읽다

A : 오전에 어디에 있었어요?　　上午在哪裡呢？
B : 도서관에 있었어요.　　在圖書館。
　　도서관에서 책을 읽었어요.　　在圖書館唸書了。

· ·

① 극장 / 영화를 보다
② 백화점 / 쇼핑하다
③ 식당 / 밥을 먹다
④ 오후 / 커피숍, 친구를 만나다
⑤ 주말 / 집, 쉬다
⑥ 토요일 / 편의점, 아르바이트하다

延伸練習

1. 請試著訪問同學並練習對話。

어제 뭐 했어요?　昨天做了什麼呢？

例

A：주말에 어디에 갔어요?
週末去哪裡呢?

B：극장에 갔어요.
去電影院。

A：누구하고 갔어요?
거기에서 뭐 했어요?
和誰去？在那裡做什麼呢？

B：친구하고 갔어요. 영화를 봤어요.
和朋友去。看電影。

A：어제 어디에 갔어요?
昨天去哪裡呢?

B：집에 있었어요.
在家。

A：집에서 뭐 했어요?
在家做什麼?

B：컴퓨터를 했어요.
打電腦。

이름	언제	어디에 갔어요 ?	누구하고 갔어요 ?	거기에서 뭐 했어요 ?
나	주말			
	어제			
친구 1	주말			
	어제			
친구 2	주말			
	어제			
친구 3	주말			
	어제			

여행하다　旅行

參考單字

학교에 가다	책을 읽다	쇼핑하다
도서관에 가다	집에서 쉬다	운동하다
친구를 만나다	집에서 자다	청소하다
텔레비전을 보다	여행하다	숙제하다
옷을 사다	아르바이트하다	공부하다

聽力與會話

▷ 聽力

1. 請聽MP3對話，並寫出正確的日期。 ▶MP3-42

❶ (　　　)월 (　　　)일　　　　　❷ (　　　)월 (　　　)일

❸ (　　　)월 (　　　)일　　　　　❹ (　　　)월 (　　　)일

2. 請聽MP3對話，並選出正確的選項。 ▶MP3-43

❶ 웨이링 씨는 주말에 친구 생일 파티에 갔어요.　[○] [×]
❷ 화요일하고 목요일에 한국어를 공부해요.　　　[○] [×]
❸ 지현 씨는 11월 21일에 타이페이에 왔어요.　　[○] [×]
❹ 주말에 영화를 봤어요.　　　　　　　　　　　[○] [×]

認識韓國

한국의 공휴일　韓國的公休日

名稱	日期	說明
새해	1 월 1 일	元旦
설날	음력 1 월 1 일	春節
삼일절	3 월 1 일	三一節：3/1獨立運動
부처님 오신 날	음력 4 월 8 일	佛祖誕生日、佛誕
어린이날	5 월 5 일	兒童節
현충일	6 월 6 일	顯忠日：哀悼軍人等爲國家犧牲生命者的靈魂而制定的紀念日。
광복절	8 월 15 일	光復節：1948年韓國政府成立紀念日。
추석	음력 8 월 15 일	中秋節
개천절	10 월 3 일	開天節：紀念公元前2333年，檀君建了古朝鮮的國慶日。
한글날	10 월 9 일	韓文節
크리스마스	12 월 25 일	聖誕節

會話 1 ▶MP3-44

지　　현 : 메이 씨 , 생일이 몇 월 며칠이에요 ?
메　　이 : 제 생일은 6 월 19 일이에요 .
　　　　　지현 씨는 생일이 언제예요 ?
지　　현 : 7 월 7 일이에요 .
메　　이 : 한국에서는 생일에 뭐 먹어요 ?
지　　현 : 미역국을 먹어요 . 그리고 케이크도 먹어요 .

미역국　海帶湯
케이크　蛋糕

會話 2 ▶MP3-45

민　　호 : 웨이링 씨 , 토요일에 시간이 있어요 ?
웨이링 : 네 , 있어요 . 그런데 왜요 ?
민　　호 : 토요일이 지현 씨 생일이에요 .
웨이링 : 그래요 ? 그럼 지현 씨 생일에 뭐 해요 ?
민　　호 : 같이 밥을 먹어요 .
　　　　　웨이링 씨도 우리하고 같이 밥을 먹어요 .
웨이링 : 네 , 좋아요 .

시간　時間
그런데　可是、不過
왜요 ?　為什麼 ?
그래요 ?　是嗎 ?
좋아요　好啊

敘述 ▶MP3-46

오늘은 지현 씨 생일이었어요 .
오전에 백화점에서 생일 선물을 샀어요 .
오후에는 친구들을 만났어요 .
그리고 같이 지현 씨 집에 갔어요 .
지현 씨 집에서 밥을 먹었어요 .
그리고 케이크도 먹었어요 .
우리는 생일 파티를 했어요 .
아주 재미있었어요 .

선물　禮物
친구들　朋友們
재미있다　有趣的

閱讀與寫作

 ## ▷ 閱讀

 請仔細閱讀以下短文後，並回答問題。

한국에는 5월에 기념일이 많아요.
5월 5일은 어린이날이에요. 쉬어요.
5월 8일은 어버이날이에요. 어버이날에는 안 쉬어요.
5월 15일은 스승의 날이에요. 스승의 날은 세종대왕의
탄생일이에요. 스승의 날에는 안 쉬어요.
부처님 오신 날은 음력 4월 8일이에요. 그래서 보통 양력
5월에 부처님 오신 날이 있어요. 그 날은 모두 쉬어요.
대만에는 몇 월에 기념일이 많아요?

| 기념일 紀念日 |
| 세종대왕 世宗大王 |
| 탄생일 誕生日 |
| 음력 農曆 |
| 양력 國曆 |
| 그 날 那一天 |
| 모두 全部 |

（1）어버이날이 언제예요? *父母節是什麼時候？*

_____.

（2）맞는 것을 고르세요. *請選出正確的選項。*

❶ 오월 오일은 안 쉬어요. 　　　　　　　　 [○] [×]
❷ 오월 십오일은 세종대왕의 탄생일이에요. [○] [×]
❸ 오월 십오일 스승의 날에는 쉬어요. 　　 [○] [×]
❹ 오월에는 기념일이 많아요. 　　　　　　 [○] [×]

 ## ▷ 寫作

 今天做了什麼？請試著寫一篇日記。

發 音

▷ 「ㄹ」的鼻音化

當尾音「ㅁ、ㅇ」遇到的下一個音節初聲為「ㄹ」時，「ㄹ」的發音會變成「ㄴ」。

收尾音

 +

練習發音

1. 請聽MP3並且跟著唸。 ▶MP3-47

- 버스정류장 [버스정뉴장]   公車站
- 06 [공뉵]   ＊6的原本發音為「륙」，出現在單字第一音節時，唸成「육」。
- 음력 [음녁]   農曆
- 양력 [양녁]   國曆

當收尾音「ㄱ/ㅂ」遇到的下一個音節初聲為「ㄹ」時，「ㄹ」的發音會變成「ㄴ」。收尾音「ㄱ/ㅂ」發音會變成「ㅇ/ㅁ」。

- 대학로 [대항노]   大學路
- 16 [심뉵]   16

2. 請聽MP3並且跟著唸。 ▶MP3-48

① A : 전화번호가 몇 번이에요?   電話號碼幾號呢？
　 B : 063 - 6566 - 7836이에요.   是063-6566-7836。
　　　[뉵]　[융][뉵]　[뉵]

② A : 언제 한국에 가요? 그리고 언제 와요?   什麼時候去韓國？然後什麼時候回來？
　 B : 6일에 가요. 그리고 16일에 와요.   6號去。然後16號回來。
　　　[육]   [심뉵]

③ A : 설날이 언제예요?   春節是什麼時候？
　 B : 음력 1월 1일, 양력 1월 26일이에요.   農曆1月1號，國曆1月26號。
　　　[녁]   [녁] [이심뉵]

103

MEMO

5 물건사기 買東西

❖ **學 習 目 標**：購物與點菜
❖ **詞彙與表達**：數字、物品、食物
❖ **文法與表現**：V-(으)세요
　　　　　　　　N하고、와/과
　　　　　　　　單位N
　　　　　　　　N도
❖ **聽力與會話**：關於在商店買東西、在餐廳點菜的對話
❖ **閱讀與寫作**：閱讀菜單，練習寫一篇關於自己的飲食生活的文章
❖ **發　　　音**：激音化
❖ **文　　　化**：韓國的貨幣

詞彙與表達

▷ 單字

숫자 純韓語數字　▶MP3-49

하나	一	일	원		元（韓國貨幣單位）
둘	二	이	백		一百
셋	三	삼	이백		兩百
넷	四	사	삼백		三百
다섯	五	오	천		一千
여섯	六	육	이천		兩千
일곱	七	칠	삼천		三千
여덟	八	팔	만		一萬
아홉	九	구	이만		兩萬
열	十	십	삼만		三萬

🗣 說說看　▶MP3-50

백 원이에요.　是一百元。

천 원이에요.　是一千元。

만 원이에요.　是一萬元。

편의점 물건　便利商店的物品 ▶MP3-51

과자	餅乾	우유	牛奶
컵라면	杯麵	물	水
도시락	便當	콜라	可樂
삼각김밥	三角飯糰	맥주	啤酒
샌드위치	三明治	휴지	面紙

說說看 ▶MP3-52

과자 주세요.	請給我餅乾。
우유 주세요.	請給我牛奶。
물하고 **콜라** 주세요.	請給我水和可樂。

✏ 請用韓文寫下自己在便利商店常買的物品。→＿＿＿＿＿＿＿＿＿＿＿

음식　食物 ▶MP3-53

비빔밥	拌飯	삼겹살	五花肉
김치	泡菜	김밥	紫菜包飯
삼계탕	人蔘雞湯	김치찌개	泡菜鍋
불고기	烤肉	된장찌개	大醬湯
떡볶이	辣炒年糕	냉면	冷麵

說說看 ▶MP3-54

비빔밥 주세요.	請給我拌飯。
떡볶이 주세요.	請給我辣炒年糕。
김밥하고 **김치찌개** 주세요.	請給我紫菜包飯和泡菜鍋。

✏ 請用韓文寫下自己常吃的韓國菜。→＿＿＿＿＿＿＿＿＿＿＿

1. 請看圖片，並在空格中寫出正確的單字。

하나 천 원			사천 원	
		여덟		만 원

2. 請看圖片，並在空格中寫出正確的單字。參考【範例】，並試著提問與回答。

❶ _____	便當
❷ _____	牛奶
❸ _____	杯麵
❹ _____	咖啡
❺ _____	三明治
❻ _____	可樂
❼ _____	麵包
❽ _____	三角飯糰

例

커피	A : 커피 있어요?	有咖啡嗎？
	B : 네, 있어요.	是的，有。
과자	A : 과자 있어요?	有餅乾嗎？
	B : 아니요, 없어요.	不，沒有。

❶ 우유　　❷ 샌드위치　　❸ 물
❹ 컵라면　　❺ 맥주　　❻ 도시락

3. 請看照片，並在空格中寫出正確的單字。

① 　② 　③

_____　_____　_____

④ 　⑤ 　⑥

_____　_____　_____

⑦ 　⑧　⑨

_____　_____　_____

4. 請參考【範例】，並試著提問與回答。

例	비빔밥	A：한국 음식 뭐 좋아해요?　喜歡什麼韓國菜？
		B：비빔밥을 좋아해요.　喜歡拌飯。

. . . .

① 김치찌개　　② 삼겹살　　③ 불고기
④ 떡볶이　　⑤ 김치　　⑥ 삼계탕

文法與表現

▷ ① V-(으)세요（請V）

「(으)세요」是恭敬地向他人指示、命令、建議或請求時使用。接續在動詞後面，動詞有尾音時，要加上「으세요」，沒有尾音時，則加上「세요」。
例如：

앉다 坐
웃다 笑
주다 給
기다리다 等
여기 這裡
좀 稍微、一下
쓰다 寫

有尾音V＋으세요	沒有尾音V＋세요
읽으세요 請讀	오세요 請來
앉으세요 請坐	주세요 請給我
웃으세요 請笑	기다리세요 請稍等

 補充

向別人請求時，可以與「좀」一起使用，有「勞駕」、「請」的意思，表示謙讓恭敬的感覺。

例

1. 어서 오세요.　　歡迎光臨。
2. 커피 좀 주세요.　請給我咖啡。
3. 여기를 보세요.　　請看這裡。
4. 여기에 쓰세요.　　請寫在這裡。
5. 여기에 앉으세요.　請坐這裡。
6. 책을 읽으세요.　　請唸書。

練習文法

1. 請寫出下列動詞正確的「-(으)세요」語尾變化。

V	- 세요	V	- 세요	V	- 으세요
가다	**가세요**	기다리다		읽다	
보다		쉬다		앉다	
주다		숙제하다		웃다	

2. 請參考【範例】，寫出合適的答案，並試著提問與回答。

例　A : 오늘 지현 씨 생일이에요.　　　　今天是智賢小姐的生日。

B : 그래요? 그럼 케이크를 **사세요** _____. (사다)　是嗎？那麼請買蛋糕。

❶ A : 시험이 있어요.

　B : 그럼 _____. (공부하다)

❷ A : 어제도 오늘도 아르바이트를 했어요.

　B : 그럼 좀 _____. (쉬다)

❸ A : 뒤에 자리가 없어요.

　B : 그럼 여기에 _____. (앉다)

❹ A : 여기 물 좀 _____. (주다)

　B : 네, 잠시만 _____. (기다리다)

시험　考試
자리　座位
잠시만　一會兒

教室用語

보세요
請看

쓰세요
請寫

들으세요
請聽

읽으세요
請唸

따라 하세요
請跟著說

쉬세요
請休息

연습하세요
請練習

따라 읽으세요
請跟著唸

손을 드세요
請舉手

▷ ② N하고、와 / 과（和N）

「하고」、「와 / 과」使用在名詞和名詞之間，表示「和」。前面的名詞最後一個字有尾音時要加「과」，沒有尾音時則加「와」。而「하고」是無論有沒有尾音，都可以使用。

例如：

有尾音N + 과	沒有尾音N + 와
빵과 커피　麵包和咖啡	**커피와** 빵　咖啡和麵包

「와/과」常用於文章或正式場合的對話中，「하고」則在日常對話中經常使用。「와/과」的意思類似中文的「與」，而「하고」則類似中文的「和」。另外，用於口語的「(이)랑」類似中文「跟」的意思。

例

1. 어제 미녀**와** 야수를 읽었어요.　　昨天唸美女與野獸。
2. 물**과** 과자를 사요.　　買水和餅乾。
3. 선생님**과** 친구가 교실에 있어요.　　老師和朋友在教室。
4. 떡볶이**하고** 김밥 주세요.　　請給我辣炒年糕和紫菜包飯。
5. 비빔밥**하고** 불고기를 먹어요.　　吃拌飯和烤肉。
6. 물**이랑** 주스를 사요.　　買水和果汁。

「하고」、「와 / 과」用於連接兩個以上的名詞時，不可以用來連接句子。

例如：

밥을 먹어요. 하고 커피를 마셔요.　　（×）吃飯，還有喝咖啡。

→ 밥을 먹어요. **그리고** 커피를 마셔요.　（○）

練習文法

1. 請參考【範例】，並選出合適的答案。

例 　빵(와 / 과) 우유예요.　是麵包和牛奶。

．．．．．．．．．．．．．．．．．．．．．．．．．．．．．．．．．．．．．．

❶ 　샌드위치(와 / 과) 커피예요.

❷ 　우유(와 / 과) 컵라면이에요.

❸ 　도시락(와 / 과) 콜라예요.

❹ 　삼각김밥(와 / 과) 물이에요.

2. 請參考【範例】，並試著提問與回答。

> 뭘 드릴까요 ? 您需要什麼呢 ？

例
A : 뭘 드릴까요?　您需要什麼呢？
B : 빵하고 우유 주세요.　請給我麵包和牛奶。

．．．．．．．．．．．．．．．．．．．．．．．．．．．．．．．．．．．．．．

❶ 　　❷   　　❸

❹ 　　❺ 　　❻

▷ ③ 單位N（量詞）：개/병/잔/명（個、瓶、杯、名）

「개/병/잔/명」（個、瓶、杯、名）是計算人或事物的單位詞，在計算人數或事物數量時使用。根據事物種類不同，也會使用不同的單位名詞（量詞），「개/병/잔/명」是常使用的單位名詞。在純韓語數字後面加上單位名詞即可。

例如：

하나	둘	셋	넷	다섯	여섯	일곱	여덟	아홉	열
한 **개**	두 개	세 개	네 개	다섯 개	여섯 개	일곱 개	여덟 개	아홉 개	열 개
한 **병**	두 병	세 병	네 병	다섯 병	여섯 병	일곱 병	여덟 병	아홉 병	열 병
한 **잔**	두 잔	세 잔	네 잔	다섯 잔	여섯 잔	일곱 잔	여덟 잔	아홉 잔	열 잔
한 **명**	두 명	세 명	네 명	다섯 명	여섯 명	일곱 명	여덟 명	아홉 명	열 명

用韓語單位名詞來表現人或事物的數量時，順序是「名詞＋純韓語數字＋單位名詞」。

例如：

名詞＋純韓語數字＋單位名詞

라면 한 **개**	一個泡麵
주스 두 **병**	兩瓶果汁
커피 세 **잔**	三杯咖啡
친구 네 **명**	四個朋友

補 充

「1、2、3、4」後面加單位名詞時，不是使用「하나、둘、셋、넷」，而是使用「**한、두、세、네**」。

用韓語數人數時，不可使用「개」，要使用「명」（名）才正確。

例如：

친구 한 개 （×）一個朋友

→ 친구 한 **명** （○）

① 우유 **한 개** 주세요.　　　　　　請給我一個牛奶。

② 콜라 **두 병**을 사요.　　　　　　買兩瓶可樂。

③ 컵라면 **세 개**하고 빵 **네 개** 주세요.　請給我三個杯麵和四個麵包。

④ 커피 **한 잔** 주세요.　　　　　　請給我一杯咖啡。

⑤ 형이 **한 명** 있어요.　　　　　　有一個哥哥。

⑥ 물 **다섯 병** 주세요.　　　　　　請給我五瓶水。

練習文法

1. 請參考【範例】，並寫出合適的答案。

例 　　　과자 **두 개** 주세요.　　請給我兩個餅乾。

....

❶ 　　　물 ＿＿＿＿＿＿ 주세요.

❷ 　　　컵라면 ＿＿＿＿＿＿ 주세요.

❸ 　　　우유 ＿＿＿＿＿＿ 주세요.

❹ 　　　커피 ＿＿＿＿＿＿ 주세요.

2. 請參考【範例】，並試著提問與回答。

例 　　　A : 뭘 드릴까요?　　您需要什麼呢?
　　　　　　　　　　　B : 삼각김밥 네 개 주세요.　請給我四個三角飯糰。

 　　　A : 뭘 드릴까요?　　您需要什麼呢?
　　　　　　　　　　　B : 빵 두 개하고 우유 세 개 주세요.
　　　　　　　　　　　請給我兩個麵包和三個牛奶。

....

❶ 　　　❷ 　　　❸

❹   　　　❺  　　　❻

3. 請參考【範例】，寫出合適的答案，並試著練習提問與回答。

例

₩800

A：얼마예요?　　　　多少錢？

B：＿팔백 원＿이에요.　800元。

. . . .

❶ ₩1,300

＿＿＿＿＿＿＿＿

❷ ₩3,600

＿＿＿＿＿＿＿＿

❸ ₩5,700

＿＿＿＿＿＿＿＿

❹ ₩11,900

＿＿＿＿＿＿＿＿

❺ ₩23,400

＿＿＿＿＿＿＿＿

❻ ₩10,800

＿＿＿＿＿＿＿＿

❼ ₩111,000

＿＿＿＿＿＿＿＿

❽ ₩123,400

＿＿＿＿＿＿＿＿

❾ ₩567,800

＿＿＿＿＿＿＿＿

얼마예요？	多少錢？
원	元
100	백
200	이백
300	삼백
400	사백
1,000	천
1,100	천백
5,000	오천
6,000	육천
7,000	칠천
8,000	팔천
10,000	만
11,000	만천
90,000	구만
100,000	십만
1,000,000	백만
1,100,000	백십만

4. 請參考【範例】，並試著提問與回答。

例

₩1,000

A：과자 얼마예요?　餅乾多少錢？

B：천 원이에요.　1000元。

. . . .

❶

₩3,850

❷

₩2,500

❸

₩1,340

❹

₩120,000

❺

₩59,000

❻

₩291,000

5. 請參考【範例】，並試著提問與回答。

例

₩5,000

A：뭘 드릴까요?　　　　　　您需要什麼呢？
B：빵 주세요.　　　　　　　請給我麵包。
A：몇 개 드릴까요?　　　　您需要幾個？
B：두 개 주세요. 얼마예요?　請給我兩個。多少錢？
A：오천 원이에요.　　　　　五千元。

- -

❶

₩3,900

❷

₩2,800

❸

₩1,500

❹

₩4,600

6. 請參考【範例】，請試著提問與回答。

죄송합니다　很抱歉

例

₩2,500

A：뭘 드릴까요?　　　　　　您需要什麼呢？
B：샌드위치 주세요.　　　　請給我三明治。
A：죄송합니다.　　　　　　很抱歉。
　　지금 샌드위치가 없어요.　現在沒有三明治。
B：그럼 빵 주세요. 얼마예요?　那麼請給我麵包。多少錢？
A：이천오백 원이에요.　　　兩千五百元。

- -

❶

₩1,200

❷

₩1,300

❸

₩1,400

❹

₩1,500

7. 請參考【範例】，並試著提問與回答。

例

비빔밥,
한식 /
김치찌개,
비빔밥,
김치찌개

종업원 : 어서 오세요.	歡迎光臨。
민 호 : 여기 메뉴 좀 주세요.	這裡請給我菜單。
종업원 : 뭘 드릴까요?	您需要什麼呢？
민 호 :（對服務生說）잠깐만요.	等一下。
웨이링 씨는 뭐 좋아해요?	瑋玲小姐喜歡什麼？
웨이링 : 저는 비빔밥을 좋아해요.	我喜歡拌飯。
민호 씨는 한식을 자주 먹어요?	敏鎬先生常吃韓國菜嗎？
민 호 : 네, 자주 먹어요.	是的，常吃。
저는 김치찌개를 제일 좋아해요.	我最喜歡泡菜鍋。
（對服務生說）	
여기요. 비빔밥 하나하고 김치찌개 하나 주세요.	
不好意思。請給我們一個拌飯和一個泡菜鍋。	

❶ 불고기, 한식 / 된장찌개, 불고기, 된장찌개
❷ 짜장면, 중식 / 탕수육, 짜장면, 탕수육
❸ 우동, 일식 / 돈가스, 우동, 돈가스
❹ 스파게티, 양식 / 피자, 스파게티, 피자

종업원	服務生
메뉴	菜單
잠깐만요	等一下
제일	最
한식	韓國菜
중식	中式菜
일식	日本料理
양식	西餐
짜장면	炸醬麵
탕수육	糖醋肉
우동	烏龍麵
돈가스	豬排
스파게티	義大利麵
피자	披薩

5
買東西

1. 請試著訪問同學，並練習對話。

여러분은 뭐 자주 먹어요? 뭐 좋아해요?　各位常吃什麼？喜歡什麼？

메뉴

한식	중식	일식	양식
불고기 ₩23,000	짜장면 ₩6,000	우동 ₩6,500	스파게티 ₩15,000
김치찌개 ₩7,000	짬뽕 ₩7,000	돈가스 ₩9,500	피자 ₩24,000
냉면 ₩10,000	만두 ₩5,000	초밥 ₩16,000	스테이크 ₩28,000
비빔밥 ₩8,000	탕수육 ₩21,000	튀김 ₩22,000	샐러드 ₩12,000

例

A：○○ 씨는 뭐 자주 먹어요?　○○先生、小姐，你常常吃什麼？

B：저는 한식을 자주 먹어요.　我常吃韓國菜。

A：뭐 좋아해요?　你喜歡什麼？

B：불고기를 좋아해요.　我喜歡烤肉。

A：불고기는 얼마예요?　烤肉多少錢？

B：불고기는 23,000원이에요.　烤肉是23,000元。

→저는 _____을 / 를 먹어요. _____은 / 는 _____원이에요.

▷ ④ N도（N也）

「도」加在名詞後面使用，表示「也」的意思。當某事物和其他事物具有相同情況或相同屬性使用。

> 음악　音樂
> 듣다 (들어요)　聽

例

❶ 저는 학생이에요. 제 친구**도** 학생이에요.
　　我是學生。我的朋友也是學生。

❷ 민호 씨는 한국 사람이에요. 지현 씨**도** 한국 사람이에요.
　　敏鎬先生是韓國人。智賢小姐也是韓國人。

❸ 웨이링 씨는 한국 음식을 좋아해요. 에린 씨**도** 한국 음식을 좋아해요.
　　瑋玲小姐喜歡韓國菜。艾琳小姐也喜歡韓國菜。

❹ 마이클 씨는 한국어를 배워요. 태권도**도** 배워요.
　　麥可先生學韓語。也學跆拳道。

❺ 유카 씨는 한국 드라마를 자주 봐요. 한국 음악**도** 자주 들어요.
　　由夏小姐常常看韓劇。也常常聽韓國音樂。

❻ 어제 비빔밥을 먹었어요. 오늘**도** 먹었어요.
　　昨天吃拌飯。今天也吃拌飯。

「도」能代替助詞「은/는」、「이/가」、「을/를」，但不能與「은/는」、「이/가」、「을/를」等助詞一起使用。

例如：

　　　　　　저는도 학생이에요.　　（×）我也是學生。

　→　저**도** 학생이에요.　　（○）

　　　　　　비빔밥을도 먹었어요.　　（×）也吃了拌飯。

　→　비빔밥**도** 먹었어요.　　（○）

與其他助詞也可以一起使用。

例如：

　　　　　　오늘 극장에 가요. 백화점에**도** 가요.
　　　　　　今天去電影院。也去百貨公司。

　　　　　　어제 도서관에서 공부했어요. 집에서**도** 공부했어요.
　　　　　　昨天在圖書館念書。也在家裡念書。

練習文法

1. 請參考【範例】，並試著寫出完整的句子。

 例

마이클   지현

마이클은 학생이에요.

_____**지현도 학생이에요.**_____

麥可是學生。

智賢也是學生。

. . . .

❶

지현   민호

지현은 한국 사람이에요.

_____.

❷

민호   스티븐

민호는 회사원이에요.

_____.

❸

유카   웨이링

유카는 공부를 해요.

_____.

❹

메이   지호

메이는 도서관에 가요.

_____.

❺

서영   에린

서영은 선생님이에요.

_____.

❻

안녕하세요.

마이클   웨이링

마이클은 한국어를 배워요.

_____.

2. 請參考【範例】，並試著提問與回答。

 例

 +

A : 뭐 샀어요?　　　　　　　　買了什麼？
B : 우유를 샀어요.　　　　　　　買了牛奶。
　　그리고 빵도 샀어요.　　　　還有也買了麵包。

 +

A : 어제 뭐 먹었어요?　　　　　昨天吃了什麼？
B : 삼계탕을 먹었어요.　　　　　吃了人蔘雞湯。
　　그리고 된장찌개도 먹었어요.　還有也吃了大醬湯。

. . . .

❶ + 　　　❷ + 　　　❸

❹ + 　　　❺ + 　　　❻  +

3. 請參考【範例】，並試著提問與回答。

例

 +

A : 뭘 드릴까요?　　　　　　　　　您需要什麼呢？
B : 빵 주세요.　　　　　　　　　　請給我麵包。
　　그리고 커피도 한 잔 주세요.　還有請給我一杯咖啡。

. . . .

❶ +

❷ +

❸ +

❹ +

 5 買東西

123

▷ 聽力

1. 請聽MP3對話，並連接正確的圖案。 ▶MP3-55

① •

ⓐ

② •

ⓑ

③ •

ⓒ

④ •

ⓓ

2. 請聽MP3對話，並選出正確的選項。 ▶MP3-56

（1）웨이링 씨는 뭐 좋아해요? 瑋玲小姐喜歡什麼？

❶ 　❷ 　❸ 　❹

（2）맞는 것을 고르세요. 請選出正確的選項。

　❶ 웨이링 씨는 어제 비빔밥을 먹었어요.

　❷ 두 사람은 된장찌개를 먹어요.

　❸ 민호 씨는 비빔밥을 제일 좋아해요.

▷ 對話與敘述

會話 1 ▶MP3-57

점　원 : 어서 오세요. 뭘 드릴까요?

손　님 : 카페라테 한 잔 주세요.

　　　　그리고 샌드위치 있어요?

점　원 : 죄송합니다. 지금 샌드위치는 없어요.

　　　　빵하고 케이크가 있어요.

손　님 : 그럼 빵 두 개 주세요.

점　원 : 네, 잠시만 기다리세요. 여기 있어요.

손　님 : 얼마예요?

점　원 : 육천오백 원이에요.

| 점원 店員 |
| 손님 客人 |
| 카페라테 拿鐵 |

會話 2 ▶MP3-58

종업원 : 어서 오세요. 여기 앉으세요.

지　현 : 메뉴 좀 주세요.

종업원 : 네, 뭘 드릴까요?

지　현 : 잠깐만요. 지호 씨는 뭐 좋아해요?

지　호 : 저는 비빔밥을 좋아해요. 지현 씨는요?

지　현 : 저도 비빔밥을 좋아해요.

　　　　（對服務生說）

　　　　여기 비빔밥 2 인분 주세요.

종업원 : 네, 잠시만 기다리세요.

| 2 인분　兩人份 |

敘述 ▶MP3-59

저는 한국 음식을 좋아해요. 특히 비빔밥을 자주 먹어요.

오늘은 친구와 같이 한국 식당에 갔어요.

제 친구도 한국 음식을 아주 좋아해요.

우리는 비빔밥과 불고기를 먹었어요.

아주 맛있었어요.

| 특히　特別地 |
| 맛있다　好吃 |

閱讀與寫作

閱讀

 請仔細閱讀以下招牌後並回答問題。

（1）샌드위치와 아메리카노는 얼마예요? 三明治與美式咖啡多少錢？

_____.

（2）맞는 것을 고르세요. 請選出正確的選項。

❶ 아이스커피는 사천 삼백 원이에요.　　　　[○] [×]

❷ 커피숍에 케이크와 샌드위치도 있어요.　　[○] [×]

❸ 케이크와 에스프레소는 육천 칠백 원이에요. [○] [×]

寫作

 今天買了什麼，吃了什麼呢？請試著寫下來自己今天購買的東西和吃的食物。

發　音

▷ 激音化

　　當收尾音爲「ㄱ / ㄷ / ㅂ / ㅈ」，且遇到後一個音節的初聲爲「ㅎ」的時候，或是收尾音爲「ㅎ」，且遇到後一個音節的初聲爲「ㄱ / ㄷ / ㅂ / ㅈ」的時候，發音會變成「ㅋ / ㅌ / ㅍ / ㅊ」。

收尾音 + ㅎ

ㄱ ⟶ ㅋ

ㄷ ⟶ ㅌ

ㅂ ⟶ ㅍ

ㅈ ⟶ ㅊ

▷ 練習發音

1. 請聽MP3並且跟著唸。　▶MP3-60

- 백화점 → [배콰점]　　　百貨公司
- 지갑하고 → [지가파고]　　和錢包
- 비빔밥하고 → [비빔바파고]　和拌飯
- 산책해요 → [산채캐요]　　散步

2. 請聽MP3並且跟著唸。　▶MP3-61

① 백화점에서 지갑하고 옷을 사요.　在百貨公司買錢包和衣服。
　[배콰점]　　[지가파고]

② 책하고 볼펜이 있어요.　　　有書和原子筆。
　[채카고]

③ 비빔밥하고 불고기 주세요.　　請給我拌飯和烤肉。
　[비빔바파고]

④ 공원에서 산책해요.　　　在公園散步。
　　　[산채캐요]

한국의 화폐　韓國的貨幣

　　你看過韓國的錢嗎？韓國的貨幣有哪些？

　　韓國的紙幣有1,000元、5,000元、10,000元、50,000元。什麼？居然有50,000的紙幣！請先別驚訝，韓國貨幣的面額雖然很大，但韓幣10,000元，其實大概臺幣270到280元而已。而韓國這些紙幣上，都印有受韓國人敬仰的偉人。1,000元上有朝鮮時代的學者「退溪李滉」（퇴계 이황），5,000元上的「栗谷李珥」（율곡 이이）也是朝鮮時代的學者、政治家，他們都是16世紀朝鮮著名的儒學家。10,000元上印有創造韓國文字的「世宗大王」（세종대왕），50,000元上面則是「申師任堂」（신사임당），她是朝鮮時代有名的畫家，也是栗谷李珥的母親。臺幣呢，臺幣上印什麼呢，你可以說說看嗎？

6 하루일과 日常作息

❖ **學 習 目 標**：表達時間和日常作息
❖ **詞彙與表達**：時間1、時間2、動詞
❖ **文法與表現**：시、분
　　　　　　　　N부터 N까지
　　　　　　　　V-고
　　　　　　　　ㄷ불규칙
❖ **聽力與會話**：談論每天做的事情
❖ **閱讀與寫作**：閱讀生活作息表和一篇文章、寫一篇日常作息相關
　　　　　　　　的文章
❖ **發　　　　音**：몇的發音
❖ **文　　　　化**：韓國人的24個小時

詞彙與表達

▷ 單字

시간 1：시、분 時間 1：時 / 點、分　▶MP3-62

한	시	1點	일	분	1分
두	시	2點	이	분	2分
세	시	3點	삼	분	3分
네	시	4點	사	분	4分
다섯	시	5點	십	분	10分
여섯	시	6點	십오	분	15分
일곱	시	7點	이십	분	20分
여덟	시	8點	삼십	분	30分
아홉	시	9點		반	半
열	시	10點	오십칠	분	57分
열한	시	11點	오십팔	분	58分
열두	시	12點	오십구	분	59分

🗣 說說看　▶MP3-63

한 시예요.	一點。
여덟 시예요.	八點。
열두 시 삼십 분이에요.	十二點三十分。

✎ 請用韓文寫下現在幾點幾分。 → ＿＿＿＿＿＿＿＿＿＿

시간 2 時間 2　▶MP3-64

오전	上午			오후	下午
아침	早上、早餐	점심	中午、午餐	저녁	晚上、晚餐
낮	白天			밤	夜晚

하루일과　一天的日常作息　▶MP3-65

일어나다	起床	출근하다	上班	요리하다	煮飯
세수하다	洗臉	퇴근하다	下班	식사하다	用餐
수업이 시작되다	開始上課	청소하다	打掃	샤워하다	洗澡
수업이 끝나다	下課	빨래하다	洗衣服	산책하다	散步

1. _____

2. _____

3. _____

4. _____

5. _____

6. _____

7. _____

8. _____

9. _____

10. _____

11. _____

12. _____

✎ **請用韓文寫下今天的作息。** → _____

→ _____

→ _____

1. 請在空格裡填入合適的單字。

① 열두 시

②

③

④

⑤ 네 시

⑥

⑦ 여섯 시

⑧

⑨

⑩

⑪ 열 시

⑫

2. 請參考【範例】，並寫出合適的答案。

例  　　오전 아홉 시 삼십 분 　　上午9點30分

. . . .

❶

아침 _____

❷

_____

❸

오전 _____

❹

_____

❺

오후 _____

❻

점심 _____

3. 請在空格裡填入合適的單字。

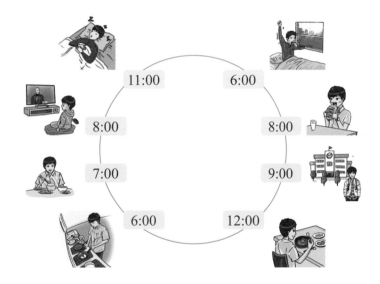

11:00　　6:00

8:00　　8:00

7:00　　9:00

6:00　　12:00

（1）오전 여섯 시에 ☐☐☐☐ .

（2）☐☐ 여덟 시에 ☐☐ 을 먹어요.

（3）오전 ☐☐ 시에 학교에 가요.

（4）열두 시에 ☐☐ 을 먹어요.

（5）☐☐ 시에 요리해요.

（6）저녁 일곱 시에 ☐☐☐☐ .

（7）저녁 ☐☐ 시에 텔레비전을 봐요.

（8）밤 ☐☐ 시에 자요.

文法與表現

▷ ① 時間：시、분（點、分）

韓語數字有兩種，「漢字音數字」和「純韓語數字」。兩種用法不同，所有的號碼、日期和價格，要使用「漢字音數字」；而計算人或事物的數量時，則要使用「純韓語數字」。至於表達時間時，例如「열 시」（十點）的「十」要使用「純韓語數字」，而「分」要使用「漢字音數字」。

例

① A : 몇 시예요? ⟶ 幾點？
  B : **한** 시 **이십** 분이에요. ⟶ 一點二十分。

② A : 지금 몇 시 몇 분이에요? ⟶ 現在幾點幾分？
  B : **열두** 시 **십이** 분이에요. ⟶ 十二點十二分。

③ A : 버스가 언제 와요? ⟶ 公車什麼時候來？
  B : **두** 시 **삼십** 분에 와요. ⟶ 兩點三十分來。

④ 보통 **열두** 시 **반**에 점심을 먹어요. ⟶ 通常十二點半吃午餐。

⑤ 어제 아침 **여덟** 시 **사십** 분에 학교에 갔어요. ⟶ 昨天早上八點四十分去學校。

⑥ A : 몇 시에 저녁을 먹어요? ⟶ 幾點吃晚餐？
  B : **여섯** 시쯤 저녁을 먹어요. ⟶ 六點左右吃晚餐。

> 버스 公車
> 보통 通常
> 쯤 左右

練習文法

1. 請參考【範例】，並試著提問與回答。

例

A : 지금 몇 시예요? ⟶ 現在幾點？
B : 아홉 시 삼십 분이에요. ⟶ 九點三十分。

....

①

②

③

④

⑤

⑥

2. 請參考【範例】，並試著提問與回答。

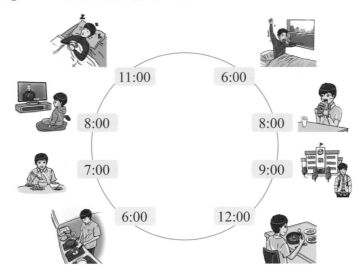

例 일어나다 / 6：00

A : 몇 시에 일어나요? 幾點起床？
B : 여섯 시에 일어나요. 六點起床。

❶ 아침을 먹다 / 8：00 ❷ 학교에 가다 / 9：00
❸ 점심을 먹다 / 12：00 ❹ 요리하다 / 6：00
❺ 저녁을 먹다 / 7：00 ❻ 자다 / 11：00

3. 請參考【範例】，並試著提問與回答。

例 일어나다 / 7：00

A : 몇 시에 일어났어요? 幾點起床？
B : 일곱 시에 일어났어요. 七點起床。

❶ 자다 / 11：00 ❷ 수업이 끝나다 / 12：00
❸ 출근하다 / 9：00 ❹ 청소하다 / 5：30
❺ 식사하다 / 6：30 ❻ 산책하다 / 7：30

4. 請參考【範例】，並試著提問與回答。

例 수업이 있다 / 오전

A : 언제 수업이 있어요? 什麼時候有課？
B : 오전에 수업이 있어요. 上午有課。

❶ 수업이 끝나다 / 오후 ❷ 출근하다 / 아침
❸ 식사하다 / 점심 ❹ 요리하다 / 저녁
❺ 빨래하다 / 낮 ❻ 산책하다 / 밤

延伸練習

1. 請試著訪問同學並練習對話。

例

A：○○ 씨는 보통 몇 시에 일어나요?

○○先生、小姐，通常幾點起床？

B：일곱 시에 일어나요.

七點起床。

	나	_____ 씨
❶ 보통 몇 시에 일어나요?		
❷ 보통 몇 시에 아침을 먹어요?		
❸ 보통 몇 시에 점심을 먹어요?		
❹ 보통 몇 시에 집에 가요?		
❺ 보통 몇 시에 저녁을 먹어요?		
❻ 보통 몇 시에 자요?		
❼ 보통 토요일에 뭐 해요?		

▷ ② N부터 N까지（從N到N）

　　「**부터**」表示「從～開始」，「**까지**」表示「到～為止」。加在時間名詞後面表示某件事情的開始與結束。「부터」表示動作或狀態開始的起點，「까지」表示動作或狀態結束的終點。

例

① 9 시**부터** 12 시**까지** 수업이 있어요.　　9點到12點有課。

② 월요일**부터** 금요일**까지** 학교에 가요.　　星期一到星期五去學校。

③ 6월 10일**부터** 6월 17일**까지** 휴가예요.　　6月10日到6月17日是休假。

④ 7월**부터** 여름 방학이에요.　　從7月開始暑假。

⑤ 저녁**까지** 숙제를 했어요.　　到晚上寫功課。

⑥ 오늘 아침**부터** 저녁**까지** 일했어요.　　今天早上到晚上工作。

> 수업　上課
> 휴가　休假
> 여름 방학　暑假

　　「부터」和「까지」除了可以一起搭配使用，也可以單獨使用。

例

• 몇 시**까지** 일해요?　　工作到幾點？

• 오늘**부터** 아르바이트해요.　　從今天開始打工。

　　「부터」和「까지」也表示某範圍的開始與結束。

例

• 1과**부터** 4과**까지** 시험이에요.　　考試是從第1課考到第4課。

• A：한국어 숙제가 어디**부터** 어디**까지**예요?　　韓語作業從幾頁到幾頁？

　 B：36쪽**부터** 39쪽**까지**예요.　　從35頁到39頁。

> 과　課
> 쪽　頁

練習文法

1. 請參考【範例】，並寫出合適的答案。

例

민호는 <u>아홉 시부터 다섯 시까지 일해요</u>.

敏鎬九點到五點工作。

9 : 00 ~ 5 : 00

. . . .

➊

유카는 _____.

오후 2 : 00 ~ 4 : 00

➋

지호는 _____.

오후 3 : 00 ~ 5 : 30

➌

메이는 _____.

오전 8 : 00 ~ 9 : 00

➍

지현은 _____.

저녁 6 : 00 ~ 8 : 00

➎

마이클은 _____.

오전 9 : 00 ~ 11 : 00

➏

웨이링은 _____.

저녁 7 : 30 ~ 8 : 30

2. 請參考【範例】，寫出適當的答案，並試著提問與回答。

例

한국어시험 :
p.121~p.193

A : 한국어 시험이 어디부터 어디까지예요?

韓語考試幾頁到幾頁？

B : __121 쪽부터 193 쪽까지예요 .__

121頁到193頁。

. . . .

❶

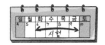

A : 시험이 언제부터 언제까지예요?

B : _____ .

❷

A : 방학이 언제부터예요?

B : _____ .

❸

A : 점심 시간이 몇 시부터 몇 시까지예요?

B : _____ .

❹

A : 회의가 몇 시부터예요?

B : _____ .

1. 請先在生活作息表上寫出自己的作息,再用「～부터 ～까지」試著說說看。

例

A : 보통 언제 아침을 먹어요?   通常什麼時候吃早餐?

B : 7시부터 7시 30분까지 먹어요.   從七點到七點半吃。

질문	나	친구
1. 보통 언제 아침을 먹어요?		
2. 보통 언제 점심을 먹어요?		
3. 보통 몇 시부터 몇 시까지 일해요 / 공부해요?		
4. 보통 언제 저녁을 먹어요?		
5. 보통 몇 시부터 몇 시까지 자요?		
6. 저는 보통 _____ 시부터 _____ 시까지 _____.		

▷ ③ V고（V然後）

「고」放在兩個動詞的中間，用來表示時間的先後順序連接兩個動詞，相當於中文的「然後」。

例

① 숙제하**고** 텔레비전을 봐요.　　　寫功課然後看電視。

② 밥을 먹**고** 커피를 마셨어요.　　　吃飯然後喝咖啡。

③ 이를 닦**고** 세수해요.　　　　　　刷牙然後洗臉。

④ 손을 씻**고** 식사해요.　　　　　　洗手然後吃飯。

⑤ A : 오늘 뭐 해요?　　　　　　　今天做什麼？
　 B : 친구를 만나**고** 밥을 먹어요.　和朋友見面然後吃飯。

⑥ A : 어제 뭐 했어요?　　　　　　昨天做了什麼？
　 B : 영화를 보**고** 쇼핑했어요.　　看電影然後購物。

> 이를 닦다 刷牙
> 손을 씻다 洗手

補充

在「고」後面加上動詞時，不能在現在式動詞變化後加上「고」，而是要加在原形動詞後。

例如：

영화를 봐고 쇼핑했어요.　（×）看電影然後購物。

→ 영화를 **보고** 쇼핑했어요.　（○）

공부해고 쉬어요.　　　　　（×）讀書然後休息。

→ 공부**하고** 쉬어요.　　　　（○）

與動詞連結時，除了不能使用現在式動詞變化，也不能加在過去式時態變化後面。

例如：

어제 친구를 만났고 밥을 먹었어요.　　（×）昨天和朋友見面然後吃飯。

→ 어제 친구를 **만나고** 밥을 먹었어요.　（○）

어제 숙제를 했고 텔레비전을 봤어요.　（×）昨天寫功課然後看電視。

→ 어제 숙제를 **하고** 텔레비전을 봤어요.　（○）

6
日常作息

練習文法

1. 請寫出下列動詞的「고」連結變化。

가다	**가고**	마시다		일하다	**일하고**
사다		배우다	**배우고**	공부하다	
만나다		먹다		숙제하다	
보다		읽다		운동하다	

2. 請參考【範例】，並試著寫出完整的句子。

例

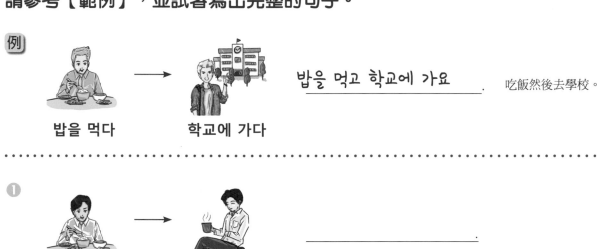

밥을 먹다 → 학교에 가다

밥을 먹고 학교에 가요   吃飯然後去學校。

❶

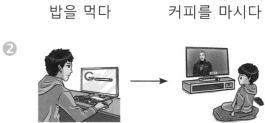

밥을 먹다   커피를 마시다

_____.

❷

컴퓨터를 하다   텔레비전을 보다

_____.

❸

운동하다   물을 마시다

_____.

❹

공부하다   자다

_____.

3. 請參考【範例】，並試著提問與回答。

A : 오늘 뭐 해요?　　　　　今天做什麼？

B : 한국어를 배우고 운동해요.　學韓語然後運動。

- ❶ 영화를 보다, 집에 가다
- ❷ 일하다, 쉬다
- ❸ 숙제를 하다, 텔레비전을 보다
- ❹ 학교에 가다, 친구를 만나다

4. 請參考【範例】，並試著提問與回答。

A : 어제 뭐 했어요?　　　　昨天做什麼？

B : 쇼핑하고 영화를 봤어요.　購物然後看電影。

- ❶ 공부하다, 산책하다
- ❷ 운동하다, 샤워하다
- ❸ 청소하다, 빨래하다
- ❹ 요리하다, 식사하다

延伸練習

1. 請試著訪問同學並練習對話。

A：뭐 해요?　　　　　做什麼？

B：요리하고 식사해요.　做菜然後用餐。

---

①

②

③

④

⑤

⑥

⑦

⑧

▷ ④ ㄷ불규칙（ㄷ不規則）

有些動詞不依照規則變化，這些稱為「不規則變化」。當「ㄷ」後面接上母音時，例如和現在式語尾「-아／어요」結合時，尾音「ㄷ」會變成「ㄹ」。而「듣다」（聽）和「걷다」（走），正是屬於不規則變化動詞。

例如：

句型　　　　　原形動詞	＋母音			＋子音
	- 아 / 어요	았 / 었어요	(으) 세요	- 고
듣다	들어요	들었어요	들으세요	듣고
걷다	걸어요	걸었어요	걸으세요	걷고

但有些尾音是「ㄷ」結尾的動詞，仍屬於規則變化的動詞。像是「받다」（接）和「닫다」（關），就是規則變化的動詞。

例如：

原形動詞	現在式	過去式
받다	받아요	받았어요
닫다	닫아요	닫았어요

듣다　聽
걷다　走
받다　收
닫다　關（門）

6
日常作息

오래　很久
대화　對話

例

❶ 음악을 **들어요**.　　　　　　　聽音樂。

❷ 노래를 **들었어요**.　　　　　　聽了歌。

❸ 공원에서 **걸어요**.　　　　　　在公園走。

❹ 어제 오래 **걸었어요**.　　　　　昨天走了很久。

❺ 한국 음악도 듣고 뉴스도 **들어요**.　聽韓國音樂也聽韓國新聞。

❻ 대화를 **들으세요**.　　　　　　請聽對話。

練習文法

1. 請試著寫出正確的動詞變化句型。

	-아 / 어요	-았 / 었어요	-(으)세요	-고
듣다	들어요			
걷다				걷고

2. 請參考【範例】，選出合適的答案，並試著提問與回答。

例

A : 지금 뭐 해요?　現在做什麼？

B : 노래를 (듣 / 들)어요.　聽歌。

> 못　沒、無法
> 다시　再
> 잘　好好地

. . . .

❶

A : 지금 뭐 해요?

B : 저는 음악을 (듣 / 들)고 친구는 공부해요.

❷

A : 선생님, 못 (듣 / 들)었어요.

B : 그럼 다시 잘 (듣 / 들)으세요.

❸

A : 저녁에 뭐 했어요?

B : 뉴스를 (듣 / 들)었어요.

❹

A : 산책했어요?

B : 네, 공원에서 (걷 / 걸)었어요.

聽力與會話

▷ 聽力

1. 請聽MP3對話，選出正確的時間。 ▶MP3-66

（1）　❶ 4：00
　　　　❷ 4：30

（2）　❶ 5：00
　　　　❷ 7：00

（3）　❶ 9：00
　　　　❷ 6：00

（4）　❶ 7：30
　　　　❷ 8：00

2. 請聽MP3對話，選出正確的選項。 ▶MP3-67

（1）웨이링 씨하고 지현 씨는 저녁에 뭐 해요? 瑋玲小姐和智賢小姐晚上做什麼呢？

（2）맞는 것을 고르세요. 請選出正確的選項。

　　❶ 웨이링 씨는 5시에 수업이 끝나요.
　　❷ 웨이링 씨하고 지현 씨는 같이 저녁을 먹어요.
　　❸ 웨이링 씨는 저녁을 먹고 자요.

會話 1 ▶MP3-68

지 현 : 웨이링 씨, 뭐 해요?

웨이링 : 버스를 기다려요.

지 현 : 오래 기다렸어요?

웨이링 : 아니요, 5 분쯤 기다렸어요.

지 현 : 오전에 수업이 있어요?

웨이링 : 아니요, 오후에 수업이 있어요.

지 현 : 수업이 몇 시부터 시작돼요?

웨이링 : 2 시부터 4 시까지예요.

會話 2 ▶MP3-69

유 카 : 지호 씨, 뭐 해요?

지 호 : 음악을 들어요.

유 카 : 한국 노래 들어요? 요즘은 누구 노래 들어요?

지 호 : 그냥 다 들어요. 유카 씨는 수업이 끝나고 뭐 해요?

유 카 : 도서관에서 숙제해요.
　　　 지호 씨는요?

지 호 : 저는 아르바이트하고 집에 가요.

요즘	最近
누구	誰
그냥	只是
다	全部、都

敘述 ▶MP3-70

저는 아침 7 시에 일어나요.

8 시에 학교에 가요.

오전 9 시부터 12 시까지 수업이 있어요.

12 시 반쯤 점심을 먹고 오후에 도서관에 가요.

도서관에서 5 시까지 공부해요.

저녁을 먹고 공원에서 걸어요.

밤에는 컴퓨터도 하고 음악도 듣고 11 시쯤 자요.

▷ 閱讀

 請看下列圖片並且回答問題。

졸업하다 畢業
그래서 所以
일찍 提早、早
타다 坐、乘
많다 多的
야근하다 加班

민호 씨는 회사원이에요. 대학을 졸업하고 3월부터 일했어요.

민호 씨는 아침에도 밥을 먹어요. 그래서 일찍 일어나요. 아침 식사를 하고 신문을 읽고 회사에 가요. 민호 씨 회사는 서울에 있어요. 회사까지 보통 지하철을 타요. 출근 시간 서울 지하철에는 사람이 많아요. 아홉 시부터 여섯 시까지 일하고 퇴근해요. 야근도 자주 해요. 평일에는 시간이 없어요. 그래서 보통 주말에는 집에서 쉬어요.

(1) 맞는 것을 고르세요. 請選出正確的選項。

① 오전 여섯 시 반에 일어나요.   [○] [×]

② 아침을 먹고 회사에 가요.   [○] [×]

③ 여덟 시부터 일곱 시까지 일해요 .   [○] [×]

④ 저녁에 친구를 만나고 책을 읽어요.   [○] [×]

⑤ 낮 열한 시에 자요.   [○] [×]

▷ 寫作

✏ **請試著寫下自己一天的作息。**

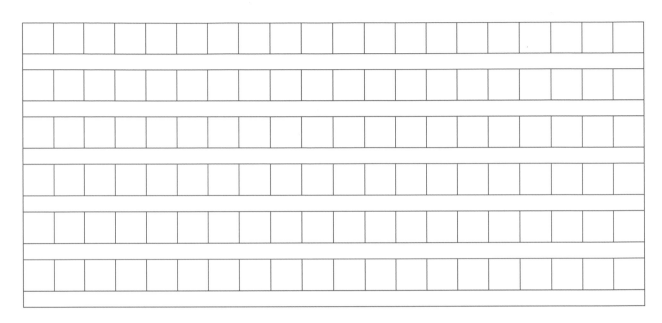

認識韓國

한국인의 24 시간　韓國人的 24 個小時

| 수면　睡眠 |
| 식사　用餐 |
| 가사　家事 |
| 통근、통학　上班、上課 |
| 일　工作 |
| 독서　看書 |
| 여가　休閒 |

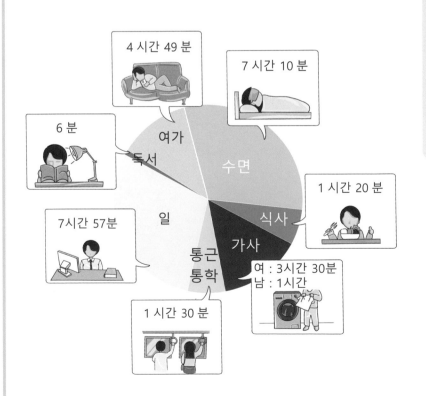

4 시간 49 분

7 시간 10 분

6 분

여가

수면

독서

1 시간 20 분

일

식사

7시간 57분

가사

통근
통학

여 : 3시간 30분
남 : 1시간

1 시간 30 분

資料來源：韓國統計局

2014 年韓國人的生活時間調查

150

發　音

▷ 몇的發音

「몇」的發音會依照後面連結的發音而產生變化。

練習發音

1. 請聽MP3，並且跟著唸。 ▶MP3-71

몇 월 [며둴] 幾月

몇 일 [며칠] → 며칠　幾日

몇 번 [멷뻔] 幾號

몇 개 [멷깨] 幾個

몇 잔 [멷짠] 幾杯

몇 병 [멷뼝] 幾瓶

몇 명 [면명] 幾個人

몇 학년 [며탕년]　幾年級

2. 請聽MP3，並且跟著唸。 ▶MP3-72

❶ 오늘이 몇 월 며칠이에요?　今天是幾月幾號？
　　　　　[며둴]

❷ 전화 번호가 몇 번이에요?　電話號碼是幾號？
　　　　　　　[멷뻔]

❸ 가족이 몇 명이에요?　　有幾個家人？
　　　　　[면명]

❹ A : 몇 학년이에요?　　幾年級？
　　　[며탕년]

　 B : 일 학년이에요.　　一年級。
　　　[일항년]

MEMO

7 계절과 날씨 季節與天氣

❖ **學 習 目 標**：表達季節和天氣
❖ **詞彙與表達**：季節、天氣、季節特色、ㅂ不規則
❖ **文法與表現**：ㅂ불규칙
　　　　　　　　N이/가 A-아요/어요/해요
　　　　　　　　V/A-고
　　　　　　　　V/A-아서/어서/해서
❖ **聽力與會話**：談論季節與天氣
❖ **閱讀與寫作**：閱讀氣象圖、寫一篇自己對於季節與天氣想法的文章
❖ **發　　　音**：ㅎ脫落
❖ **文　　　化**：韓國的四季

詞彙與表達

▷ 單字

계절 季節 ▶MP3-73

봄	여름	가을	겨울
春天	夏天	秋天	冬天

 說說看 ▶MP3-74

봄을 좋아해요.　我喜歡春天。

✏ 請用韓文寫下自己喜歡的季節和不喜歡的季節。 → ＿＿＿＿＿＿＿＿＿＿＿＿

날씨 天氣 ▶MP3-75

따뜻하다	溫暖的	맑다	晴朗的
시원하다	涼快的、涼爽的	흐리다	陰天的
비가 오다	下雨	춥다	冷的
눈이 오다	下雪	덥다	熱的

1. ＿＿＿＿＿＿＿ 2. ＿＿＿＿＿＿＿ 3. ＿＿＿＿＿＿＿ 4. ＿＿＿＿＿＿＿

5. ＿＿＿＿＿＿＿ 6. ＿＿＿＿＿＿＿ 7. ＿＿＿＿＿＿＿ 8. ＿＿＿＿＿＿＿

✏ 請用韓文寫下今天的天氣。 → ＿＿＿＿＿＿＿＿＿＿＿＿＿

계절 특색 　季節特色 ▶MP3-76

꽃이 피다	開花	단풍이 들다	楓葉染紅
구경하다	逛、觀賞	산에 가다	去山上
바닷가에 가다	去海邊	소풍 가다	去郊遊
휴가 가다	去休假	스키 타다	滑雪

說說看 ▶MP3-77

봄에 꽃이 펴요.	春天開花。
여름에 바닷가에 가요.	夏天去海邊。
가을에 단풍이 들어요.	秋天楓葉染紅。
겨울에 스키 타요.	冬天滑雪。

ㅂ불규칙　ㅂ不規則 ▶MP3-78

가볍다	輕的	쉽다	容易的
무겁다	重的	어렵다	難的

1. _____　2. _____　3. _____　4. _____

說說看 ▶MP3-79

날씨가 더워요.	天氣很熱。
겨울에 추워요.	冬天很冷。
시험이 어려워요.	考試很難。

✏ **請用韓文寫下。** → 내 가방이 _____.

한국어가 _____.

1. 請在空格裡填入合適的單字。

❶ _____   ❷ _____   ❸ _____   ❹ _____

2. 請參考【範例】，並試著完成對話。

> 어때요? 如何？

例

A : 날씨가 어때요?　天氣如何呢？

B : __좋아요__.　　　　　很好。

❶

A : 날씨가 어때요?

B : _____.

❷

A : 날씨가 어때요?

B : _____.

❸

A : 시원해요?

B : 네, _____.

❹

A : 날씨가 흐려요?

B : 아니요, _____.

3. 請將與圖片符合的句子連起來。

 •

ⓐ 봄에는 소풍 가요.

 •

ⓑ 여름에는 바닷가에 가요.

 •

ⓒ 가을에는 산에 가요.

 •

ⓓ 겨울에는 스키 타요.

4. 請在空格裡填入合適的單字。

	춥다			
			어려워요	

文法與表現

▷ ① ㅂ불규칙（ㅂ不規則）

　　以「ㅂ」爲尾音的動詞或形容詞中，有些不依照規則來變化，和現在式時態語尾「-아/어요」結合時，尾音「ㅂ」要去掉，並加上母音「우」。例如「덥다」（熱的）、「춥다」（冷的）、「어렵다」（難的）、「쉽다」（簡單的）、「가볍다」（輕的）、「무겁다」（重的）、「맵다」（辣的）等，都屬於「ㅂ」不規則。

例如：

原形	現在式 –아/어요	過去式 –았/었어요
덥다	더**워요**	더**웠어요**
춥다	추**워요**	추**웠어요**
가볍다	가벼**워요**	가벼**웠어요**
무겁다	무거**워요**	무거**웠어요**
쉽다	쉬**워요**	쉬**웠어요**
어렵다	어려**워요**	어려**웠어요**
맵다	매**워요**	매**웠어요**
가깝다	가까**워요**	가까**웠어요**

> 맵다 辣的
> 가깝다 近的
> 좁다 窄的
> 입다 穿

　　但尾音「ㅂ」結尾的動詞或形容詞中，仍然有些詞屬於規則變化。像是「좁다」（窄的）和「입다」（穿），就屬於規則變化。

例如：

原形	現在式	過去式
좁다	좁아요	좁았어요
입다	입어요	입었어요

> 조금 有一點

例

① 날씨가 **추워요**.　　　　天氣很冷。

② 교실이 **더워요**.　　　　教室很熱。

③ 시험이 **어려워요**.　　　考試很難。

④ 한국어가 **쉬워요**.　　　韓語很容易。

⑤ 김치가 조금 **매워요**.　泡菜有一點辣。

⑥ 가방이 **무거워요**.　　　包包很重。

練習文法

1. 請寫出正確的答案。

A	-아/어요	-았/었어요	A	-아/어요	-았/어요
덥다	**더워요**		가볍다		
춥다			무겁다		
어렵다			맵다		**매웠어요**
쉽다			가깝다		

2. 請參考【範例】，並試著完成對話，練習提問與回答。

A : 어제 날씨가 어땠어요?　昨天天氣如何？

B : ___더웠어요___.　　　　　很熱。

· ·

❶

A : 김치찌개가 어때요?

B : _____.

❷

A : 어제 시험이 어땠어요?

B : _____.

❸

A : 어제 날씨가 어땠어요?

B : _____.

❹

A : 한국어 공부가 어때요?

B : _____.

延伸練習

1. 請試著訪問同學並練習對話。

질문	나	친구
(1) 대만의 봄 날씨가 어때요? ❶ 따뜻하다　❷ 덥다　　❸ 시원하다　❹ 춥다		
(2) 대만의 가을 날씨가 어때요? ❶ 따뜻하다　❷ 덥다　　❸ 시원하다　❹ 춥다		
(3) 대만의 겨울 날씨가 어때요? ❶ 따뜻하다　❷ 덥다　　❸ 시원하다　❹ 춥다		
(4) 대만의 여름 날씨가 어때요? ❶ 조금 덥다　❷ 덥다　　❸ 아주 덥다		
(5) 한국 김치가 어때요? ❶ 안 맵다　❷ 조금 맵다　❸ 아주 맵다		
(6) 한국어 공부가 어때요? ❶ 쉽다　　❷ 보통이다　❸ 조금 어렵다　❹ 아주 어렵다		
(7) 가방이 어때요? ❶ 가볍다　❷ 보통이다　❸ 무겁다		

▷ ② N이/가 A-아요/어요/해요（形容詞的現在式）

「N이/가　A-아요/어요/해요」是用來敘述或說明名詞現在的狀態，也是在日常生活中常使用的非格式體語尾。以形容詞敘述名詞時，該名詞為句子的主語，所以名詞後面會接主格助詞「이/가」。

與現在式時態「-아/어/해요」結合時，要先將形容詞原形的「-다」去掉，以「-다」前一個字的母音來決定接續的語尾。如果母音為「ㅏ、ㅗ」時，會加上「-아요」，而母音為非「ㅏ、ㅗ」時，則要加上語尾「-어요」，若原形的語尾為「-하다」時，則要去掉「-하다」，改為「해요」。
例如：

> 좋다　好的、喜歡
> 재미없다　無趣的

母音 ㅏ、ㅗ → ㅏ요		其他母音 → 　　ㅓ요		하다 → 　　해요	
맑다	맑아요	재미있다	재미있어요	따뜻하다	따뜻해요
좋다	좋아요	재미없다	재미없어요	시원하다	시원해요

表現該名詞過去的狀態時，要使用「았어요/었어요/했어요」。

例

- 어제 날씨가 맑**았어요**.　昨天天氣很晴朗。
- 영화가 재미있**었어요**.　電影很有趣。
- 방이 따뜻**했어요**.　房間很溫暖。

例

① 날씨**가** 맑**아요**.　　　　　　天氣很晴朗。

② 오늘도 날씨**가** 좋**아요**.　　　今天也天氣很好。

③ A : 한국어 공부**가** 재미있**어요**?　學韓語有趣嗎？
　 B : 네, 재미있어요.　　　　　是的，很有趣。

④ A : 옷**이** 싸**요**?　　　　　　衣服便宜嗎？
　 B : 아니요, 비싸요.　　　　　不，貴的。

⑤ A : 이 식당은 뭐**가** 맛있**어요**?　這家餐廳什麼菜好吃？
　 B : 비빔밥**이** 맛있**어요**.　　拌飯好吃。

⑥ A : 물**이** 시원**해요**?　　　　水很冰嗎？
　 B : 아니요, 따뜻해요.　　　　不，溫的。

> 싸다　便宜的
> 비싸다　貴的

練習文法

1. 請寫出正確的答案。

A	-아/어/해요	-았/었/했어요	A	-아/어/해요	-았/었/했어요
맑다	맑아요		재미있다		
좋다			재미없다		
싸다			따뜻하다		따뜻했어요
맛있다			시원하다		

2. 請參考【範例】，並試著完成對話，練習提問與回答。

例

A : 어제 날씨가 좋았어요?   昨天天氣好嗎？

B : ___아니요 , 안 좋았어요___.   不，不好。

. . . .

❶

A : 가방이 싸요?

B : 아니요, _____.

❷

A : 영화가 재미있었어요?

B : 네, _____.

❸

A : 날씨가 흐렸어요?

B : 네, _____.

❹

A : 텔레비전이 재미있어요?

B : 아니요, _____.

3. 請參考【範例】，並試著提問與回答。

例

맑다

A：날씨가 어때요?　天氣如何呢？

B：맑아요.　　　　很晴朗。

. . . .

❶ 흐리다　　❷ 시원하다　❸ 따뜻하다　❹ 좋다

4. 請參考【範例】，並試著提問與回答。

例

봄

A：어느 계절이 좋아요?　喜歡哪一個季節？

B：저는 봄이 좋아요.　　我喜歡春天。

. . . .

❶ 가을　　　❷ 겨울　　　❸ 봄하고 가을　　　❹ 여름

5. 請參考【範例】，並試著提問與回答。

例

봄

A：어느 계절을 좋아해요?　喜歡哪一個季節？

B：저는 봄을 좋아해요.　　我喜歡春天。

. . . .

❶ 가을　　　❷ 겨울　　　❸ 봄하고 가을　　　❹ 여름

6. 請參考【範例】，請選出合適的答案。

例

봄이 (좋아요/ 좋아해요)　　我喜歡春天。

봄을 (좋아요 / 좋아해요)　　我喜歡春天。

. . . .

❶ 오늘 날씨가 (좋아요 / 좋아해요).

❷ 저는 커피를 (좋아요 / 좋아해요).

❸ 민호 씨 휴대폰이 아주 (좋아요 / 좋아해요).

❹ A : 무슨 음식을 (좋아요 / 좋아해요)?

　 B : 김치찌개를 (좋아요 / 좋아해요).

무슨　什麼

▷ ③ V/A-고（V/A並且）

「고」可以使用在兩個以上的動詞或形容詞中間，表示前後兩件事情的羅列或並列。相當於中文的「還有、而且」。

例

❶ 김밥이 싸고 맛있어요.　　　　　　　　　紫菜包飯很便宜而且很好吃。

❷ 날씨가 맑고 시원해요.　　　　　　　　　天氣很晴朗而且很涼快。

❸ 저는 커피숍에서 커피도 마시고 공부도 해요.　我在咖啡店喝咖啡還有念書。

❹ 어제 커피숍에서 저는 커피를 마시고 웨이링 씨는 밥을 먹었어요.

昨天在咖啡店我喝咖啡而瑋玲小姐吃飯。

❺ 저는 한국 노래를 좋아하고 친구는 한국 드라마를 좋아해요.

我喜歡韓國歌曲，而朋友喜歡韓國電視劇。

❻ A : 어제 날씨가 어땠어요?　　　　　　　昨天天氣如何呢？
　 B : 덥고 비가 왔어요.　　　　　　　　　熱又下雨。

補 充

當「고」後面加動詞或形容詞時，不能加在現在式時態變化後面，而是要加在原形動詞、形容詞的後面。

例

・ 눈이 와고 추워요.　　（×）下雪而且很冷。

→ 눈이 오고 추워요.　　（○）

・ 시원해고 맑아요.　　（×）涼快而且晴朗。

→ 시원하고 맑아요.　　（○）

・ 흐려고 비가 와요　　（×）陰天而且下雨。

→ 흐리고 비가 와요.　　（○）

・ 더워고 흐려요.　　（×）很熱而且陰天。

→ 덥고 흐려요.　　（○）

練習文法

1. 請參考【範例】，並選出合適的答案。

例）커피(하고 / 고) 빵 주세요.　　　請給我咖啡和麵包。

가방이 비싸(하고 / 고) 무거워요.　　包包很貴而且很重。

....

① 오늘 빵도 먹 (하고 / 고) 밥도 먹었어요 .

② 저는 드라마 (하고 / 고) 영화를 자주 봐요 .

③ 민호 씨는 영어 (하고 / 고) 중국어를 배워요 .

④ 웨이링 씨는 한국어를 배우 (하고 / 고) 중국어를 가르쳐요 .

⑤ 요즘 흐리 (하고 / 고) 비가 자주 와요 .

중국어 中文
가르치다 教
요즘 最近

2. 請參考【範例】，並試著完成對話，練習提問與回答。

例）

A : 날씨가 어때요?　　天氣如何呢？

B : **덥고 비가 와요** .　　很熱又下雨。

....

①

A : 라면이 어때요?

B : ＿＿＿＿＿＿＿＿＿＿＿＿＿＿ .

②

A : 가방이 어때요?

B : ＿＿＿＿＿＿＿＿＿＿＿＿＿＿ .

③

A : 요즘 뭐 해요?

B : ＿＿＿＿＿＿＿＿＿＿＿＿＿＿ .

④

A : 요즘 뭐 해요?

B : ＿＿＿＿＿＿＿＿＿＿＿＿＿＿ .

3. 請參考【範例】，並試著提問與回答。

例

덥다, 흐리다

A : 오늘 날씨가 어때요?　今天天氣如何？

B : 덥고 흐려요.　很熱還陰天。

비가 오다, 덥다

A : 어제 날씨가 어땠어요?　昨天天氣如何？

B : 비가 오고 더웠어요.　下雨還很熱。

- ❶ 맑다, 좋다
- ❷ 시원하다, 비가 오다
- ❸ 눈이 오다, 춥다
- ❹ 춥다, 흐리다
- ❺ 따뜻하다, 맑다
- ❻ 좋다, 따뜻하다

4. 請參考圖片，並試著回答問題及完成句子。

a. 어느 계절이에요?　哪一個季節？

b. 날씨가 어때요?　天氣如何？

c. 사람들은 뭐 해요?　人們在做什麼？

❶

a. 봄이에요 _____.

b. 맑고 따뜻해요 _____.

c. 산책해요 _____.

❷

a. _____.

b. _____.

c. _____.

❸

a. _____.

b. _____.

c. _____.

❹

a. _____.

b. _____.

c. _____.

▷ ④ V/A-아서/어서/해서（因為V/A，所以）

「아서/어서/해서」接在動詞或形容詞後面，表示原因。相當於中文的「因為」。

接續時，要先將動詞或形容詞原形的語尾「-다」去掉，然後以「-다」前一個字的母音來決定連結語尾。如果母音為「ㅏ、ㅗ」時，會加上「-아서」，而母音為非「ㅏ、ㅗ」時，要加上「-어서」，若原形的結尾為「-하다」時，則去掉「-하다」，改為「해서」。

例

① 날씨가 좋**아서** 공원에 가요.　　　因為天氣很好，所以去公園。
② 드라마가 재미있**어서** 자주 봐요.　　因為電視劇有趣，所以常常看。
③ 날씨가 시원**해서** 가을을 좋아해요.　因為天氣很涼快，所以喜歡秋天。
④ 비가 **와서** 산에 안 가요.　　　　　因為下雨，沒去山上。
⑤ 시간이 없**어서** 친구를 안 만나요.　因為沒有時間，所以沒有和朋友見面。
⑥ 너무 더**워서** 여름을 안 좋아해요.　因為很熱，所以不喜歡夏天。

> 너무　太

練習文法

1. 請寫出正確的答案。

V	-아/어/해요	-아/어/해서	A	-아/어/해요	-아/어/해서
가다	**가요**	**가서**	싸다		
오다			좋다		
먹다			맛있다		
마시다			흐리다		
좋아하다			시원하다		
듣다	**들어요**		덥다	**더워요**	
걷다			춥다		

2. 請參考【範例】，並試著提問與回答。

例) 비가 오다

A : 왜 소풍을 안 갔어요?　　爲什麼沒去郊遊？
B : 비가 와서 안 갔어요.　　因爲下雨，所以沒去。

. . . .

❶ 날씨가 안 좋다　　❷ 시간이 없다　　❸ 너무 덥다　　❹ 너무 춥다

3. 請參考【範例】，並試著提問與回答。

例)

봄을 좋아하다 /
날씨가 맑다

A : 왜 봄을 좋아해요?
　　爲什麼喜歡春天？
B : 날씨가 맑아서 봄을 좋아해요.
　　因爲天氣晴朗，所以喜歡春天。

겨울을 싫어하다 /
눈이 많이 오다

A : 왜 겨울을 싫어해요?
　　爲什麼不喜歡冬天？
B : 눈이 많이 와서 겨울을 싫어해요.
　　因爲下大雪，所以不喜歡冬天。

. . . .

❶ 여름을 좋아하다 / 여름 방학이 있다
❷ 가을을 좋아하다 / 날씨가 맑다
❸ 겨울을 좋아하다 / 눈이 오다
❹ 여름을 싫어하다 / 비가 자주 오다
❺ 여름을 싫어하다 / 너무 덥다
❻ 겨울을 싫어하다 / 너무 춥다

싫어하다　討厭

4. 請參考【範例】，並試著提問與回答。

例)

여름 /
여름 휴가가 있다

A : 어느 계절을 좋아해요?　　喜歡哪一個季節？
B : 여름이 좋아요.　　喜歡夏天。
A : 왜 여름을 좋아해요?　　爲什麼喜歡夏天？
B : 여름 휴가가 있어서 여름이 좋아요.
　　因爲有休假，所以喜歡夏天。

. . . .

❶ 봄 / 꽃이 피다
❷ 가을 / 단풍이 들다
❸ 겨울 / 스키를 좋아하다
❹ 가을 / 날씨가 맑고 시원하다

1. 請看原因並找出符合的結果。

例　날씨가 너무 덥다.　　　　　　　　　　　天氣很熱。

　　→ 날씨가 너무 더**워서** 산책을 안 해요.　　因為天氣太熱，所以沒有散步。

원인/이유 原因/理由	결과 結果
❶ 날씨가 너무 덥다	열심히 공부하다
❷ 날씨가 춥다	학교에 안 가다
❸ 영화가 재미있다	친구를 안 만나다
❹ 버스가 안 오다	산책을 안 하다
❺ 비가 오다	아르바이트를 하다
❻ 시험이 쉽다	또 보다
❼ 시험이 있다	기분이 좋다
❽ 시간이 없다	기분이 안 좋다
❾ 돈이 없다	지하철을 타다
❿ 오늘은 피곤하다	집에 있다

열심히　認真的
또　再、又
기분이 좋다　心情好
지하철을 타다　坐捷運
돈　錢
피곤하다　累的

聽力與會話

▷ 聽力

1. 請聽MP3對話，並選出正確的圖案。 ▶MP3-80

① •

② •

③ •

④ •

ⓐ

ⓑ

ⓒ

ⓓ

2. 請聽MP3對話，並選出正確的選項。 ▶MP3-81

(1) 주말에 날씨가 어땠어요? 週末天氣如何？

① 　　② 　　③ 　　④

(2) 맞는 것을 고르세요. 請選出正確的選項。

① 지현 씨와 웨이링 씨는 주말에 바닷가에 갔어요.

② 웨이링 씨는 겨울과 여름을 안 좋아해요.

③ 지금 서울은 겨울이에요.

▷ 對話與敘述

會話 1　▶MP3-82

지　현 : 웨이링 씨, 타이페이는 요즘 날씨가 어때요 ?

웨이링 : 덥고 비가 자주 와요 . 서울은 어때요 ?

지　현 : 여기는 시원해요 .
　　　　서울은 가을에 날씨가 맑아요 .

웨이링 : 그래요 ? 그럼 요즘 뭐 해요 ?

지　현 : 날씨가 좋아서 산에 가요 .

會話 2　▶MP3-83

웨이링 : 민호 씨는 어느 계절을 좋아해요 ?

민　호 : 저는 여름을 좋아해요 .

웨이링 : 여름요 ? 왜 여름을 좋아해요 ?

민　호 : 휴가가 있어서 여름을 좋아해요 .

웨이링 : 그래요 ? 그럼 휴가에 뭐 해요 ?

민　호 : 산에도 가고 바닷가에도 가요 .
　　　　웨이링 씨는 어때요 ?

웨이링 : 저는 너무 더워서 여름은 싫어요 .

敘述　▶MP3-84

제 고향은 한국 서울이에요 .

한국에는 봄 , 여름 , 가을 , 겨울 사계절이 있어요 .

봄에는 날씨가 따뜻해요 . 꽃이 펴서 사람들은 꽃 구경 가요 .

여름에는 덥고 비가 와요 . 많이 더워서 여름 휴가를 가요 .

가을에는 시원하고 날씨가 정말 맑아요 .

겨울에는 추워요 . 눈이 와서 스키를 자주 타요 .

지금 서울은 가을이에요 . 단풍이 들어서 정말 예뻐요 .

싫다　討厭的
정말　真的
예쁘다 (예뻐요)　漂亮的

閱讀與寫作

▷ 閱讀

 請看下列圖片並且回答問題。

(1) 서울은 날씨가 어때요?　首爾的天氣如何呢？

_____.

(2) 맞는 것을 고르세요.

請選出正確的選項。

① 춘천은 춥고 눈이 와요.　　　[○] [×]

② 인천은 비가 와요.　　　　　　[○] [×]

③ 대전은 날씨가 좋아요.　　　　[○] [×]

④ 광주하고 제주도는 맑아요.　[○] [×]

⑤ 부산은 날씨가 안 좋아요.　　[○] [×]

⑥ 제주도는 날씨가 좋아요.　　　[○] [×]

서울　首爾	광주　光州
춘천　春川	부산　釜山
인천　仁川	제주도　濟州島
대전　大田	

▷ 寫作

 請各位試著寫下喜歡的季節和不喜歡的季節，並說明原因。

發　音

▷ ㅎ脫落

當尾音「ㅎ」遇到後一個音節的初聲爲「ㅇ」時，「ㅎ」不發音。

「ㅎ」+ 母音「ㅇ」
- 좋아요 → 조 + ㅎ + 아요→ [조아요]　好
- 많아요 → 만 + ㅎ + 아요→ [마나요]　多

練習發音

1. 請聽MP3，並且跟著唸。　▶MP3-85

- 봄이 <u>좋아</u>요.　　　　　　　　　　喜歡春天。
  [조아]
- 가을을 <u>좋아</u>해요.　　　　　　　　喜歡秋天。
  [조아]
- A : 왜 여름을 <u>싫어</u>해요?　　　　　爲什麼不喜歡夏天？
  　　　　　　　[시러]
- B : 덥고 비가 <u>많이</u> 와서 여름을 <u>싫어</u>해요.　因爲很熱而且下大雨，所以不喜歡。
  　　　　　　[마니]　　　　　　[시러]

한국의 사계절 韓國的四季

한국은 사계절이 분명해요. 3월부터 5월까지는 봄이에요. 봄은 날씨가 따뜻해요. 미세먼지와 황사가 와서 공기가 안 좋아요. 그렇지만 4월에는 날씨가 좋고 꽃도 많이 펴서 꽃구경도 가고 소풍도 가요.

6월부터 8월까지는 여름이에요. 6월 말부터 7월까지 장마가 있어서 비가 자주 와요. 장마가 끝나고 7월하고 8월은 아주 더워요. 그래서 산과 바다로 여름 휴가 가요.

9월부터 11월까지는 가을이에요. 가을은 날씨가 시원하고 맑아요. 날씨가 좋고 산에 단풍이 들어서 사람들은 단풍 구경 가요. 가을에 한국의 산은 정말 아름다워요.

12월부터 2월까지는 겨울이에요. 겨울은 건조하고 추워요. 그렇지만 눈이 와서 스키를 타요.

분명하다	分明
미세먼지	塵霾
황사	沙塵
공기	空氣
그렇지만	但是
많이	很多
말	末、底
장마	梅雨
(으)로	往
아름답다	美麗的
건조하다	乾燥的

韓國四季分明，從3月到5月是春天，春天天氣溫暖，但因爲有塵霾跟沙塵，所以空氣不好。雖然如此，4月天氣好，又開很多花，所以大家會去賞花和野餐。

6月到8月是夏天。6月底到7月因爲是雨季，所以常常下雨。雨季結束後，7月和8月非常炎熱，所以大家會去山上或海邊避暑。

9月到11月是秋天。秋天氣候涼爽又清新，不但天氣好，山上還有楓葉，所以人們都去山上賞楓。秋天韓國的山眞的很美。

從12月到2月是冬天。冬天又乾又冷，雖然如此，下雪時可以去滑雪，還是很開心。

8 주말 활동 週末活動

❖ 學 習 目 標：興趣與休閒活動
❖ 詞彙與表達：休閒活動、場所、時間
❖ 文法與表現：V-(으)ㄹ 거예요
　　　　　　　무슨 N
　　　　　　　V / A-지만
　　　　　　　V-(으)ㄹ까요?
❖ 聽力與會話：談論週末活動和計畫、提議
❖ 閱讀與寫作：閱讀有關週末計畫的文章，寫一篇關於週末活動和
　　　　　　　計畫的文章
❖ 發　　　音：鼻音化
❖ 文　　　化：韓國的大學生活

詞彙與表達

▷ 單字

주말활동 週末活動 ▶MP3-86

축구를 하다	踢足球	배드민턴을 치다	打羽毛球
야구를 하다	打棒球	테니스를 치다	打網球
농구를 하다	打籃球	탁구를 치다	打桌球
등산을 하다	爬山	골프를 치다	打高爾夫球
수영을 하다	游泳	자전거를 타다	騎腳踏車
여행을 하다	旅行	스키를 타다	滑雪
컴퓨터 게임을 하다	玩電腦遊戲	스케이트를 타다	溜冰

1. _____ 2. _____ 3. _____ 4. _____ 5. _____

하다?
치다?
타다?

6. _____ 7. _____ 8. _____ 9. _____

10. _____ 11. _____ 12. _____ 13. _____ 14. _____

🗣 說說看 ▶MP3-87

주말에 **테니스를** 자주 **쳐요**.　　週末常常打網球。

✏ 請用韓文寫下週末常做的活動。 → _____

장소　場所　▶MP3-88

미술관	美術館	수영장	游泳池
박물관	博物館	운동장	運動場
음악회	音樂會	노래방	KTV
콘서트	演唱會	찜질방	汗蒸幕

🗣 說說看　▶MP3-89

미술관에 가요.　去美術館。

✏ **請用韓文寫下想要去的地方。** → _____

시간　時間　▶MP3-90

지난주	上週	이번 주	這週	다음 주	下週
지난달	上個月	이번 달	這個月	다음 달	下個月
작년	去年	올해	今年	내년	明年

🗣 說說看　▶MP3-91

지난주에 등산을 했어요.　上週爬山。
이번 주에 음악회에 가요.　這週去音樂會。
내년에 서울에 가요.　明年去首爾。

1. 請將與圖片符合的動詞連起來。

①  •

ⓐ 축구를 하다

②  •

ⓑ 농구를 하다

③  •

ⓒ 수영을 하다

④  •

ⓓ 골프를 치다

⑤  •

ⓔ 스케이트를 타다

⑥  •

ⓕ 테니스를 치다

2. 請參考【範例】，並試著完成對話，練習提問與回答。

例

A : 주말에 뭐 했어요? 週末做什麼呢？

B : <u>등산을 했어요</u>. 爬山。

. . . .

❶

A : 주말에 뭐 했어요?

B : _____.

❷

A : 지난주말에 뭐 했어요?

B : _____.

❸

A : 이번 주말에 뭐 해요?

B : _____.

❹

A : 다음 주말에 뭐 해요?

B : _____.

❺

A : 주말에 뭐 했어요?

B : 수영장에서 _____.

❻

A : 주말에 뭐 했어요?

B : 운동장에서 _____.

文法與表現

▷ ① V-(으)ㄹ 거예요（動詞的未來式：將會、將要V）

「-(으)ㄹ 거예요」接續在動詞後面，表示未來的計劃或者行程。接續時，要先將動詞原形的尾音「-다」去掉，再依據「-다」前一個字，有尾音的，加上「-을 거예요」，沒有尾音的，則加上「-ㄹ 거예요」。

例如：

有尾音V + 을 거예요	沒有尾音V + ㄹ 거예요
먹을 거예요	갈 거예요
읽을 거예요	볼 거예요
앉을 거예요	만날 거예요

補充

「-(으)ㄹ 거예요」所接續的動詞，一定是原形動詞。

例如：

내일 영화를 봘 거예요.　（✕）明天要看電影。
→ 내일 영화를 볼 거예요.　（○）
토요일에 공부핼 거예요.　（✕）星期六要讀書。
→ 토요일에 공부할 거예요.　（○）

例

❶ 수업이 끝나고 친구를 **만날 거예요**.　下課後要和朋友見面。
❷ 도서관에서 책을 **읽을 거예요**.　在圖書館要念書。
❸ 내일 친구하고 탁구를 **칠 거예요**.　明天要和朋友打桌球。
❹ A : 오늘 저녁에 뭐 **먹을 거예요**?　今天晚上要吃什麼？
　 B : 비빔밥을 **먹을 거예요**.　要吃拌飯。
❺ A : 토요일에 뭐 **할 거예요**?　星期六要做什麼？
　 B : 친구하고 영화를 **볼 거예요**.　要和朋友看電影。
❻ A : 언제 한국에 **갈 거예요**?　什麼時候要去韓國？
　 B : 내년 가을에 **갈 거예요**.　明年秋天要去。

1. 請寫出正確的答案。

V	-ㄹ 거예요	V	-을 거예요
가다	갈 거예요	먹다	
오다		읽다	
보다		앉다	
마시다		입다	
여행하다		듣다	들을 거예요
수영하다		걷다	

2. 請參考【範例】，並試著完成句子。

例

내일 ___농구할 거예요___ 明天會打籃球。

농구하다

❶

오늘 밤에

_____.

텔레비전을 보다

❷

이번 토요일에

_____.

스키를 타다

❸

이번 주말에

_____.

골프를 치다

❹

다음 달에

_____.

여행하다

❺

수업이 끝나고

_____.

밥을 먹다

❻

다음 주에도

_____.

일하다

3. 請參考【範例】，並試著提問與回答。

例 축구를 하다

A : 내일 뭐 할 거예요?　明天要做什麼呢？
B : 축구를 할 거예요.　要踢足球。

⋯⋯⋯⋯⋯⋯⋯⋯⋯⋯⋯⋯⋯⋯⋯⋯⋯⋯⋯⋯⋯⋯⋯⋯⋯⋯⋯⋯⋯

① 컴퓨터 게임을 하다　　② 수영을 하다　　③ 배드민턴을 치다
④ 한국 음식을 먹다　　⑤ 책을 읽다　　⑥ 사진을 찍다

4. 請參考【範例】，並試著提問與回答。

例 영화를 보다 /
내일 저녁

A : 언제 영화를 볼 거예요?　　什麼時候會看電影？
B : 내일 저녁에 영화를 볼 거예요.　明天晚上會看電影。

⋯⋯⋯⋯⋯⋯⋯⋯⋯⋯⋯⋯⋯⋯⋯⋯⋯⋯⋯⋯⋯⋯⋯⋯⋯⋯⋯⋯⋯

① 콘서트에 가다 / 이번 토요일
② 골프를 치다 / 오늘 오후
③ 스키를 타다 / 다음 주말
④ 여행을 하다 / 다음 달
⑤ 술을 마시다 / 금요일 밤
⑥ 노래방에 가다 / 일요일

5. 請參考【範例】，並試著和班上同學一起練習。

例

집에 있다 /
박물관에 가다 /
친구를 만나다

A : 보통 주말에 뭐 해요?　　通常週末做什麼？
B : 집에 있어요.　　在家。
A : 지난주말에 뭐 했어요?　上週做什麼呢？
B : 박물관에 갔어요.　　去博物館。
A : 다음 주말에 뭐 할 거예요?　下週會做什麼呢？
B : 친구를 만날 거예요.　和朋友會見面。

⋯⋯⋯⋯⋯⋯⋯⋯⋯⋯⋯⋯⋯⋯⋯⋯⋯⋯⋯⋯⋯⋯⋯⋯⋯⋯⋯⋯⋯

	나	친구1	친구2	친구3
보통 주말에 뭐 해요?				
지난 주말에 뭐 했어요?				
이번 주말에 뭐 할 거예요?				

延伸練習

1. 請試著訪問同學並練習對話。

일주일 동안 무엇을 할 거예요?　一個星期期間會做什麼呢？

例

마이클　　　웨이링

A : 마이클 씨, 월요일에 뭐 할 거예요?

麥可先生，在星期一會做什麼？

B : 한국어를 배울 거예요.

會學韓語。

웨이링 씨는 월요일에 뭐 할 거예요?

瑋玲小姐在星期一會做什麼？

A : 저는 아르바이트할 거예요.

我星期一會打工。

나의 주간 계획 我的一週計畫

월요일	화요일	수요일	목요일	금요일	토요일	일요일
	점심		오후 3:00 ~ 5:00		저녁 7:00	

_____ **씨의 주간 계획** _____先生、小姐的一週計畫

월요일	화요일	수요일	목요일	금요일	토요일	일요일
오전 9:00 ~ 11:00		아침 8:00		오후 4:00		

② 무슨 N（什麼N）

「무슨」加在名詞前面，表示「什麼N」，是詳細詢問的表現。

例

❶ **무슨** 운동을 해요?　　　　做什麼運動？

❷ **무슨** 영화를 자주 봐요?　　常看什麼電影？

❸ 요즘 **무슨** 음악을 들어요?　最近聽什麼音樂？

❹ 오늘이 **무슨** 요일이에요?　今天是星期幾？

❺ **무슨** 음식을 자주 먹어요?　常吃什麼菜？

❻ A : **무슨** 과일을 좋아해요?　喜歡吃什麼水果？
　　B : 망고를 좋아해요.　　　　我喜歡芒果。

과일　水果
망고　芒果
이것　這個

補充

　　「**무슨**」和「**무엇**」都是「什麼」的意思，但是「**무슨**」是表示疑問詞用來修飾後面的名詞。

例如：

무슨	무엇
무슨 음식을 좋아해요?　（○） 이것은 무슨이에요?　（×）	무엇 음식을 좋아해요?　（×） 이것은 **무엇**이에요?　（○）

　　「**무슨**」質問事物的種類、性質等時使用，「**어느**」指眾多對象中特定的一個。

例如：

・무슨 책을 읽어요?　　　　讀什麼書？

・무슨 계절을 좋아해요?　　喜歡什麼季節？

・어느 가방이 제일 예뻐요?　哪一個包包最漂亮？

・어느 계절을 좋아해요?　　喜歡哪一個季節？

練習文法

1. 請參考【範例】，並寫出合適的答案，練習提問與回答。

例
A : <u>무슨 과일</u>을 좋아해요? 喜歡什麼水果呢？
B : 저는 오렌지를 좋아해요. 我喜歡柳丁。

- -

❶ A : ＿＿＿＿＿＿＿＿을 자주 해요?
B : 수영을 자주 해요.

❷ A : 주말에 ＿＿＿＿＿＿＿를 봐요?
B : 액션 영화를 봐요.

❸ A : 지금 ＿＿＿＿＿＿＿을 들어요?
B : 한국 음악을 들어요.

❹ A : 오늘이 ＿＿＿＿＿＿＿이에요?
B : 오늘은 목요일이에요.

❺ A : ＿＿＿＿＿＿＿을 좋아해요?
B : 한식을 좋아해요. 특히 불고기를 제일 좋아해요.

오렌지 柳丁
딸기 草莓
액션 영화 動作片
코미디 영화 喜劇片
공포영화 恐怖片
클래식 古典音樂
재즈 爵士樂
소설책 小説
역사책 歷史書

2. 請參考【範例】，並試著提問與回答。

例
드라마 , 보다 /
미국 드라마 ,
보다 ,
한국 드라마

A : 무슨 드라마를 자주 봐요? 常看什麼電視劇？
B : 미국 드라마를 자주 봐요. 常看美國電視劇。
요즘은 한국 드라마도 좋아해서 자주 봐요.
最近因爲喜歡韓劇所以常看。
오늘도 한국 드라마를 볼 거예요. 今天也會看韓劇。

- -

❶ 영화 , 보다 / 코미디 영화 , 보다 , 공포 영화
❷ 운동 , 하다 / 농구 , 하다 , 축구
❸ 음식 , 먹다 / 김치찌개 , 먹다 , 된장찌개
❹ 과일 , 먹다 / 사과 , 먹다 , 딸기
❺ 음악 , 듣다 / 클래식 , 듣다 , 재즈
❻ 책 , 읽다 / 소설책 , 읽다 , 역사책

1. 請試著訪問同學並練習對話。

例　A : **무슨 음식**을 좋아해요?　喜歡什麼菜？

　　B : 양식을 좋아해요. 스테이크를 특히 좋아해요.　喜歡西餐。特別喜歡牛排。

　　A : **무슨 과일**을 좋아해요?　喜歡什麼水果？

　　B : 과일은 다 좋아해요. 사과를 자주 먹어요.　水果我都喜歡。常吃蘋果。

　　A : **무슨 운동**을 좋아해요?　喜歡什麼運動？

　　B : 운동을 안 좋아해요.　不喜歡運動。

　　　　그렇지만 요즘 탁구를 쳐요.　但是最近打桌球

　　A : **무슨 영화**를 좋아해요?　喜歡什麼電影？

　　B : SF 영화를 아주 좋아해요.　非常喜歡科幻片。

　　　　그렇지만 공포 영화는 안 좋아해요.　但是不喜歡恐怖片。

	나	친구1	친구2	친구3
무슨 음식				
무슨 과일				
무슨 운동				
무슨 영화				

參考單字

무슨 영화？		무슨 음악？		무슨 과일？	
액션 영화	動作片	클래식	古典音樂	사과	蘋果
모험 영화	冒險片	재즈	爵士樂	배	梨子
공포 영화	恐怖片	록	搖滾樂	딸기	草莓
코미디 영화	喜劇片	팝	流行音樂	수박	西瓜
로맨스 영화	愛情片	힙합	嘻哈	포도	葡萄
공상과학（SF）영화	科幻片	알앤비（R&B）	節奏藍調	귤	柳丁

▷ ③ V/A-지만（雖然V/A，但是）

「-지만」放在兩個以上的動詞或形容詞中間，用來表示轉折。運用「-지만」，可先說明某事實或內容，接著再敘述與其相反之事實或內容。使用於當前後兩件事情是羅列或並列，或用來比較、對照兩件事情。相當於中文的「雖然～，但是～」。

例

1. 학생 식당은 싸**지만** 맛없어요. 　　　　學生餐廳雖然很便宜，但是不好吃。
2. 김치찌개는 맵**지만** 맛있어요. 　　　　泡菜鍋雖然很辣，但是很好吃。
3. 한국어 공부는 어렵**지만** 재미있어요. 　　學習韓語雖然很難，但是很有趣。
4. 저는 커피를 마시**지만** 제 친구는 커피를 안 마셔요. 　我喝咖啡，但是我朋友不喝咖啡。
5. 제 방에 컴퓨터는 있**지만** 텔레비전은 없어요. 　我的房間裡有電腦，但是沒有電視。
6. A : 가방이 어때요? 　　　　　　　　　包包怎麼樣？
   B : 비싸**지만** 예뻐요. 　　　　　　　雖然很貴，但是很漂亮。

陳述過去的事實時，以「**-았/었/했지만**」的型態來表現。

例

1. 어제는 비가 **왔지만** 오늘은 비가 안 와요. 　昨天下雨，但今天沒有下雨。
2. 아침은 안 먹**었지만** 점심은 먹었어요. 　　不吃早餐，但是吃午餐。
3. 지난 주말에는 운동을 **했지만** 이번 주말에는 안 해요. 　上個週末運動，但這個週末不運動。
4. 작년에는 사과가 비**쌌지만** 올해는 싸요. 　去年蘋果很貴，但是今年很便宜。
5. 어제는 더**웠지만** 오늘은 안 더워요. 　　昨天很熱，但是今天不熱。
6. A : 지난주에 바닷가에 갔어요? 　　　　上週去海邊嗎？
   B : 네, 바닷가에 **갔지만** 수영은 안 했어요. 　是的，雖然去海邊，但是沒有游泳。

練習文法

1. 請參考【範例】，並選出合適的答案。

例 김치찌개는 맵(지만)/ 고) 맛있어요. 　泡菜鍋雖然很辣，但是很好吃

가방이 비싸(지만 /(고)) 무거워요. 　　包包很貴，而且很重。

1. 그 식당 음식은 맛있(지만 / 고) 너무 비싸요.
2. 요즘 시간이 없(지만 / 고) 드라마를 자주 봐요.
3. 한국어는 쉽(지만 / 고) 재미있어요.
4. 옷이 비싸(지만 / 고) 예뻐요.
5. 요즘 날씨가 흐리(지만 / 고) 비가 자주 와요.
6. 가방이 예쁘(지만 / 고) 무거워요.

2. 請參考【範例】，並和班上同學一起練習。

예전 以前
바다 海

例

김치

A : 예전에는 뭘 안 먹었어요? 지금은 먹어요?

以前不吃什麼呢？現在吃嗎？

B : 예전에는 김치를 안 먹었지만 지금은 먹어요.

雖然以前不吃泡菜，但是現在吃。

바다 / 산

A : 예전에는 뭘 좋아했어요? 지금은 뭘 좋아해요?

以前喜歡什麼呢？現在喜歡什麼？

B : 예전에는 바다를 좋아했지만 지금은 산을 좋아해요.

雖然以前喜歡海，但是現在喜歡山。

	나	친구1	친구2	친구3
食物				
喜歡的				

認識韓國

한국의 대학생활 韓國的大學生活

　　韓國的學制是國小6年、國中3年、高中3年、大學4年（專科學校2年）。在韓國，3月初入學，2月底畢業。一年共分為2個學期，一般3月到6月是第一學期，9月到12月是第二學期。大學暑假和臺灣差不多，是從6月底到8月底，但是寒假比臺灣長，從12月底到2月底。

　　根據2019年統計，韓國大學生畢業時間平均需要5年1個月，4年以內畢業的只占40.3%而已。因為大學生通常會休學至少1個學期，所以一般短則5年，長則7、8年才會畢業。那麼為什麼學生會這麼常休學呢？大部分是為了準備找工作，準備各種語言考試、國家考試、證照考試、公務員考試等，有的學生是為了去國外進修外語，或者為了累積工作經驗而去公司實習，還有的學生則是為了打工賺學費或者零用錢而休學。

　　韓國大部分的學生很擔心一畢業就沒有工作，因此就業壓力很大，所以會利用休學，保留學生身分，再準備就業。再加上韓國男生通常會在讀大學時休學當兵，當兵2年，休學後去國外學外語或準備其他就業考試，如此一來，最起碼延長3年，這樣也要7年才能畢業。

▷ ④ V-(으)ㄹ까요? (〔我們〕要〔一起〕V嗎?)

「-(으)ㄹ까요」加在動詞後面,表示給予對方建議、提議,或是詢問對方的意見、想法。當前面的動詞最後一個字有尾音時,要加「을까요」,而沒有尾音時,則加「ㄹ까요」。
例如:

有尾音V + 을까요	沒有尾音V + ㄹ까요
먹**을까요**?	갈**까요**?
읽**을까요**?	볼**까요**?
앉**을까요**?	만날**까요**?

「-(으)ㄹ까요」結尾的句子,在使用意義上,主詞為「우리」(我們)。因為給予對方建議一起做某一種事情,所以會和副詞「같이」(一起)一起使用。但是,主詞「우리」和副詞「같이」常常會被省略。

例

• (우리) (같이) 산책할**까요**?　(我們)要(一起)散步嗎?
• (우리) (같이) 농구할**까요**?　(我們)要(一起)打籃球嗎?
• (우리) 여기에 앉**을까요**?　(我們)要(一起)坐這裡嗎?
• (우리) 노래방에 갈**까요**?　(我們)要(一起)去KTV嗎?

補 充

當「-(으)ㄹ까요」為疑問句時,回答時會使用「-아/어/해요」,具有勸誘的意思。

例

❶ 우리 같이 영화 볼**까요**?　　　　　　　我們要一起看電影嗎?

❷ 커피 마실**까요**?　　　　　　　　　　要喝咖啡嗎?

❸ 주말에 같이 음악회에 갈**까요**?　　　　週末一起去音樂會嗎?

❹ A : 점심에 뭐 먹**을까요**?　　　　　　午餐吃什麼呢?
　 B : 비빔밥을 먹어요.　　　　　　　　吃拌飯吧。

❺ A : 수업이 끝나고 같이 테니스를 칠**까요**?　下課後要一起打網球嗎?
　 B : 네, 좋아요. 같이 쳐요.　　　　　　是的,好啊。一起打吧。

❻ A : 토요일에 등산할**까요**?　　　　　　星期六要登山嗎?
　 B : 미안해요. 토요일에는 약속이 있어요.　不好意思。星期六有約會。

약속 約會

8
週
末
活
動

練習文法

1. 請寫出正確的「-(으)ㄹ까요」答案。

V	-ㄹ까요	V	-ㄹ까요	V	-을까요
가다	**갈까요**	쉬다		먹다	
보다		치다		앉다	
만나다		산책하다		찍다	

2. 請參考【範例】，並試著完成對話，練習提問與回答。

A : 우리 같이 ___식사할까요___?　　　我們要不要一起吃飯？
B : 네, 좋아요.　　　　　　　　　是的，好啊。

....

❶

A : 같이 _____?
B : 네, 좋아요.

❷

A : 같이 _____?
B : 네, 좋아요.

❸

A : _____?
B : 네, 좋아요.

❹

A : _____?
B : 네, 좋아요.

3. 請參考【範例】，並試著完成對話，練習提問與回答。

例

김치찌개

A : 뭘 __먹을까요__ ?　　　我們要吃什麼呢？

B : __김치찌개를 먹어요__ .　　吃泡菜鍋吧。

----

❶

배드민턴

A : 무슨 운동을 _____ ?

B : _____ .

❷

코미디 영화

A : 무슨 영화를 _____ ?

B : _____ .

❸

다음 주 토요일

A : 언제 노래방에 _____ ?

B : _____ .

❹

수영장

A : 어디에서 _____ ?

B : _____ .

4. 請參考【範例】，並試著提問與回答。

例　내일 만나다 /　　A : 내일 만날까요?　　　明天要不要見面？
　　약속이 있다　　　B : 미안해요. 약속이 있어요.　不好意思，有約會。

----

❶ 이번 주말에 등산을 가다 / 요즘 좀 피곤하다

❷ 다음 달에 같이 스키를 배우다 / 스키를 안 좋아하다

❸ 다음 주말에 미술관에 가다 / 일이 있다

❹ 수업이 끝나고 노래방에 가다 / 오늘 시간이 없다

❺ 토요일에 영화를 보다 / 주말에 좀 바쁘다

❻ 오후에 PC방에서 컴퓨터 게임을 하다 / 친구와 약속이 있다

바쁘다 (바빠요) 忙碌的
PC 방　網咖

延伸練習

1. 請試著訪問同學並練習對話。

例

| 接受建議 | A : 주말에 커피를 마실까요? | 週末要不要喝咖呢？ |
| | B : 네, 좋아요. 같이 커피를 마셔요. | 是的，好啊。 我們一起喝咖啡吧。 |

拒絕建議	A : 주말에 커피를 마실까요?	週末要不要喝咖呢？
	B : 미안해요. 약속이 있어요.	不好意思，有約會。
	다음에 같이 마셔요.	下次一起喝吧。

. . . .

❶

영화를 보다

❷

콘서트에 가다

❸

자전거를 타다

❹

컴퓨터 게임을 하다

❺

노래방에 가다

❻

등산을 하다

2. 週末計畫

반 친구에게 물어보세요. 그리고 친구들에게 주말 계획을 말해 보세요.
請試著訪問同學並練習對話，並且說說看週末計畫。

（1）「V(으)ㄹ까요?」로 친구에게 제안해 보세요.
　　　請試著用「V (으)ㄹ까요?」提議，詢問同學的意見。

A : 주말에 시간이 있어요?	週末有時間嗎？
B : 네, 있어요.	是的，有。
A : 그럼 주말에 만날까요?	那麼週末要不要見面？
B : 네, 좋아요.	是的，好啊。
A : 그럼 우리 어디에서 _____ ?（만나다）	那麼我們要在哪裡見面呢？
B : 지하철역에서 만나요.	在捷運站見面吧。
A : 우리 어디에 _____ ?（가다）	我們要去哪裡呢？
B : 노래방에 가요.	去KTV吧。
A : 우리 뭐 _____ ?（하다）	我們要做什麼呢？
B : 같이 식사해요.	一起吃飯吧。
A : 우리 뭐 _____ ?（먹다）	我們要吃什麼呢？
B : 불고기를 먹어요.	吃烤肉吧。

（2）「V(으)ㄹ 거예요」로 계획을 말해 보세요.
　　　請用「V(으)ㄹ 거예요」說說看計畫。
　　　→ 우리는 지하철역에서 **만날 거예요**.
　　　　 노래방에 **갈 거예요**.
　　　　 같이 밥을 **먹을 거예요**.
　　　　 불고기를 **먹을 거예요**.

▷ 聽力

1. 請聽MP3對話，並選出正確的圖案。 ▶MP3-92

① ●

② ●

③ ●

④ ●

 ⓐ

 ⓑ

 ⓒ

 ⓓ

2. 請聽MP3對話，並選出正確的選項。 ▶MP3-93

（1）지현 씨는 이번 주말에 뭐 해요?　智賢小姐這週末做什麼？

　　❶ 집에 있어요.

　　❷ 청소하고 텔레비전 봐요.

　　❸ 약속이 있어요.

　　❹ 등산을 가요.

（2）맞는 것을 고르세요.　請選出正確的選項。

　　❶ 지현 씨 보통 주말에 약속이 있어요.

　　❷ 웨이링 씨는 이번 주말에 등산을 가요.

　　❸ 지현 씨는 등산을 안 좋아해요.

▷ 對話與敘述

會話 1　▶MP3-94

웨이링 : 민호 씨, 주말 잘 지냈어요?

민　호 : 네, 잘 지냈어요.

웨이링 : 주말에 뭐 했어요?

민　호 : 토요일에 친구하고 쇼핑했어요. 웨이링 씨는 뭐 했어요?

웨이링 : 저는 날씨가 좋아서 부모님하고 등산했어요.

민　호 : 등산이요? 등산을 좋아해요?

웨이링 : 아니요, 저는 별로 안 좋아하지만 가족하고 자주 가요.

민　호 : 그럼 다음에는 저하고 같이 갈까요?

> 별로 안 不太

會話 2　▶MP3-95

웨이링 : 지현 씨, 이번 주말에 뭐 할 거예요?

지　현 : 그냥 집에서 쉴 거예요. 그런데 왜요?

웨이링 : 요즘 날씨가 아주 좋아요. 같이 밖에서 운동할까요?

지　현 : 좋아요. 그런데 무슨 운동을 할까요?

웨이링 : 배드민턴이 어때요?

지　현 : 좋아요. 그럼 같이 배드민턴을 쳐요.

敘述　▶MP3-96

저는 보통 주말에 친구를 만나요.

지난 주말에도 친구와 영화를 봤어요.

저는 공포 영화를 좋아하지만 친구는 싫어해서 액션 영화를 봤어요.

다음 주에는 시험이 있어서 이번 주말에는 도서관에 갈 거예요.

도서관에서 공부도 하고 여름 방학 계획도 세울 거예요.

> 계획을 세우다 訂計畫

閱讀與寫作

▷ 閱讀

 請仔細閱讀以下短文，並回答問題。

> 저는 다음 주말에 가족하고 부산에 갈 거예요.
> 작년에 서울은 갔지만 부산은 아직 안 갔어요.
> 저는 산과 바다를 좋아해요.
> 부산은 산과 바다가 모두 있어서 좋아요.
> 부산에서 등산도 하고 바다에서 수영도 할 거예요.

아직 還

(1) 다음 주말에 뭐 할 거예요? 下個週末要做什麼呢？

_____

(2) 맞는 것을 고르세요. 請選出正確的選項。

　　❶ 작년에 서울하고 부산에 갔어요.　　[○] [×]

　　❷ 부산에는 산과 바다가 있어요.　　　[○] [×]

　　❸ 부산에서 바다에 갈 거예요.　　　　[○] [×]

▷ 寫作

 請試著寫下來週末計畫。

發 音

▷ 鼻音化

當收尾音「ㄱ/ㄷ/ㅂ」，遇到後一個音節的初聲為「ㄴ」或「ㅁ」時，前一個音節的收尾音「ㄱ/ㄷ/ㅂ」發音，會變成「ㅇ/ㄴ/ㅁ」。

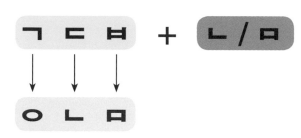

> 감사합니다 謝謝
> 미안합니다 對不起
> 국내 國內
> 국립중앙박물관 國立中央博物館
> 어린이박물관 兒童博物館
> 실례합니다 不好意思
> 저기 那裡

練習發音

1. 請聽MP3，並且跟著唸。 ▶MP3-97

- 박물관 → ㄱ+ㅁ → ㅇ+ㅁ : [방물관]　　　　博物館
- 작년 → ㄱ+ㄴ → ㅇ+ㄴ : [장년]　　　　去年
- (감사)합니다 → ㅂ+ㄴ → ㅁ+ㄴ : 감사[함니다]　謝謝
- (미안)합니다 → ㅂ+ㄴ → ㅁ+ㄴ : 미안[함니다]　對不起

2. 請聽MP3，並且跟著唸。 ▶MP3-98

❶ 작년에는 국내 여행을 갔어요.　　　　　去年去了國內旅行。
　　[장년]　　[궁내]

❷ 국립중앙박물관에는 어린이박물관도 있어요.　國立中央博物館裡也有兒童博物館。
　[궁닙중앙방물관]　　　　　　[방물관]

❸ A : 실례합니다. 박물관이 어디에 있어요?　不好意思。博物館在哪裡呢？
　　　[실례함니다] [방물관]

　B : 저기예요.　　　　　　　　　　　　在那裡。

　A : 감사합니다.　　　　　　　　　　謝謝。
　　　　　[함니다]

MEMO

聽力腳本

1 과 자기소개　自我介紹

聽力

1. 請聽完 MP3 對話後，並選出正確的圖案。

① A : 민호 씨는 회사원이에요?
　　B : 네, 회사원이에요.
② A : 에린 씨, 학생이에요?
　　B : 아니요, 저는 선생님이에요.
③ A : 마이클 씨는 어느 나라 사람이에요?
　　B : 미국 사람이에요.
④ A : 메이 씨는 일본 사람이에요?
　　B : 아니요, 저는 중국 사람이에요.

2. 請聽完 MP3 對話，並選出正確的選項。

A : 안녕하세요. 저는 이민호예요.
B : 안녕하세요. 저는 유카예요.
A : 만나서 반갑습니다.
　　유카 씨는 일본 사람이에요?
B : 네, 일본 사람이에요.
　　저는 학생이에요.
　　민호 씨는 학생이에요?
A : 아니요, 저는 회사원이에요.

2 과 일상생활　日常生活

聽力

1. 請聽完 MP3 對話後，並選出正確的圖案。

① A : 지금 뭐 해요?
　　B : 커피를 마셔요.
② A : 영화를 봐요?
　　B : 아니요, 영화를 안 봐요.
　　　텔레비전을 봐요.
③ A : 오늘 친구를 만나요?
　　B : 네, 친구를 만나요.
④ A : 도서관에서 뭐 해요?
　　B : 책을 읽어요.

2. 請聽完 MP3 對話，並選出正確的選項。

A : 웨이링 씨, 지금 뭐 해요?
B : 집에서 한국어를 공부해요.
　　민호 씨는 일해요?
A : 아니요, 오늘은 일 안 해요.
　　커피숍에서 커피를 마셔요.
B : 지금 친구를 만나요?
A : 아니요, 책을 읽어요.

3 과 위치 位置

聽力

1. 請聽 MP3 內容，並選出正確的選項。

① 책상 앞에 의자가 있어요.
② 책상 위에 컴퓨터하고 시계가 있어요.
③ 의자 위에 가방이 있어요.
④ 볼펜이 노트하고 지갑 사이에 있어요.

2. 請聽 MP3 對話，並選出正確的選項。

A : 지현 씨, 오늘 뭐 해요?
B : 백화점에 가요.
　　유카 씨하고 백화점에서 만나요.
A : 유카 씨는 지금 어디에 있어요?
B : 도서관에 있어요.
　　웨이링 씨는 어디에 가요?
A : 저는 우체국에 가요.
B : 우체국이 어디에 있어요?
A : 우리 학교 뒤에 있어요.

4 과 날짜와 요일 日期與星期

聽力

1. 請聽完 MP3 對話後，寫出正確的日期。

① A : 오늘이 몇 월 며칠이에요?
　 B : 6월 15일이에요.
② A : 오늘이 며칠이에요?
　 B : 10월 10일이에요.
③ A : 생일이 언제예요?
　 B : 제 생일은 7월 27일이에요.
④ A : 지현 씨, 언제 한국에 가요?
　 B : 3월 14일에 가요.

2. 請聽 MP3 內容，並選出正確的選項

① A : 웨이링 씨, 주말에 뭐 했어요?
　 B : 친구를 만났어요.
　　　토요일이 친구 생일이었어요.
　　　같이 생일 파티를 했어요.
② A : 언제 한국어를 공부해요?
　 B : 화요일 오후하고 목요일 오전에 공부해요.
③ A : 지현 씨, 언제 타이페이에 왔어요?
　 B : 10월 22일에 왔어요.
④ A : 일요일에 뭐 했어요?
　 B : 집에서 영화를 봤어요.

5 과 물건사기 買東西

聽力

1. 請聽完 MP3 對話後，並選出正確的圖案。

① A : 어서 오세요.

　　뭘 드릴까요?

　B : 커피 두 잔하고 빵 세 개 주세요.

② A : 샌드위치 있어요?

　B : 네, 있어요.

　　몇 개 드릴까요?

　A : 샌드위치 두개 하고 커피 한 잔 주세요.

③ A : 도시락 있어요?

　B : 죄송합니다. 지금 도시락은 없어요.

　A : 그럼 삼각김밥 두 개 주세요.

　B : 여기 있어요.

④ A : 샌드위치 주세요.

　B : 죄송합니다. 지금 샌드위치가 없어요.

　A : 그럼 빵은 있어요?

　B : 네, 있어요.

　A : 그럼 빵 한 개하고 주스 한 병 주세요.

2. 請聽完 MP3 對話後，並選出正確的選項。

종업원 : 어서 오세요. 여기 앉으세요.

민　호 : 메뉴 좀 주세요.

종업원 : 네, 뭘 드릴까요?

민　호 : 잠시만요.

　　　　웨이링 씨는 뭐 좋아해요?

웨이링 : 저는 비빔밥을 좋아해요.

　　　　어제도 비빔밥을 먹었어요.

　　　　민호 씨는 뭐 좋아해요?

민　호 : 저는 된장찌개를 제일 좋아해요.

　　　　여기요, 비빔밥하고 된장찌개 주세요.

6 과 하루일과 日常作息

聽力

1. 請聽完 MP3 對話後，並選出正確的時間。

① A : 지금 몇 시예요?

　B : 4시 반이에요.

② A : 몇 시에 일어나요?

　B : 오전 7시에 일어나요.

③ A : 몇 시부터 일해요?

　B : 9시부터 6시까지 일해요.

④ A : 몇 시에 학교에 가요?

　B : 7시 30분에 아침을 먹고 8시에 학교에 가요.

2. 請聽完 MP3 對話後，並選出正確的選項。

A : 웨이링 씨, 몇 시에 수업이 끝나요?

B : 5시에 끝나요.

A : 수업이 끝나고 뭐 해요?

B : 청소하고 요리해요.

　　지현 씨는 저녁에 뭐 해요?

A : 저녁을 먹고 산책해요.

　　웨이링 씨는요?

B : 저도 밥을 먹고 공원에서 좀 걸어요.

7 과 계절과 날씨 季節與天氣

聽力

1. 請聽完 MP3 對話後，並選出正確的選項。

① A : 오늘이 날씨가 어때요?
   B : 더워요.
② A : 어제는 날씨가 어땠어요?
   B : 추웠어요.
③ A : 어제 날씨가 좋았어요?
   B : 아니요, 비가 오고 흐렸어요.
④ A : 서울도 지금 비가 와요?
   B : 아니요, 서울은 지금 맑고 따뜻해요.

2. 請聽完 MP3 對話後，並選出正確的選項。

A : 지현 씨, 주말에 뭐 했어요?
B : 날씨가 좋아서 공원에서 산책했어요.
   웨이링 씨는 주말에 뭐 했어요?
A : 저도 날씨가 맑아서 바닷가에 갔어요.
B : 바닷가요?
   바닷가에서 뭐 했어요?
A : 그냥 구경했어요.
   서울은 요즘 날씨가 어때요?
B : 서울은 12월에 추워요.
   눈이 오고 추워서 저는 겨울을 안 좋아해요.
A : 그래요? 저는 너무 더워서 여름을 안 좋아해요.

8 과 주말활동 週末活動

聽力

1. 請聽完 MP3 對話後，並選出正確的選項。

① A : 주말에 뭐 할 거예요?
   B : 아르바이트 할거예요.
② A : 요즘 무슨 드라마를 봐요?
   B : 한국 드라마를 봐요.
③ A : 이번 토요일에 같이 찜질방에 갈까요?
   B : 네, 좋아요. 같이 가요.
④ A : 등산할까요?
   B : 네, 저도 등산을 좋아해요. 같이 가요.

2. 請聽完 MP3 對話，並選出正確的選項。

A : 지현 씨, 보통 주말에 뭐 해요?
B : 집에 있어요.
   집에서 청소도 하고 텔레비전도 봐요.
A : 이번 주말에는 뭐 할 거예요?
   이번 주말에도 집에 있을 거예요?
B : 아니요, 이번 주말에는 친구를 만날 거예요.
   웨이링 씨는 주말에 뭐 할 거예요?
A : 저는 이번 주말에 등산을 갈 거예요.
   지현 씨도 같이 갈까요?
B : 미안해요.
   저도 등산을 좋아하지만 이번 주에는 약속이 있어요.

解答

1 과 자기소개 自我介紹

字彙練習

1. ① 미국 사람 ② 영국 사람 ③ 독일 사람
④ 호주 사람 ⑤ 일본 사람 ⑥ 중국 사람

2. ① 선생님 ② 학생 ③ 회사원 ④ 군인
⑤ 기자 ⑥ 의사 ⑦ 가수 ⑧ 요리사

文法與表現

1. 인사말（打招呼）
1. 안녕하세요? / 안녕히 가세요. / 안녕히 계세요. / 만나서 반갑습니다.
2. 안녕하세요? / 안녕하세요? / 안녕히 계세요. / 안녕히 가세요.

2. N이에요/예요（是N）
1. ① 예요 ② 예요 ③ 이에요 ④ 이에요
2. ① 이에요 ② 이에요 ③ 예요 ④ 이에요

3. N은/는（補助詞）
1. ① 는 ② 은 ③ 은 ④ 는
2. ① 은 ② 은 ③ 는 ④ 는
3. ① 안나는 독일 사람이에요
② 유카는 일본 사람이에요
③ 마이클은 학생이에요
④ 왕웨이는 요리사예요
4. ① 지현은 한국 사람이에요. 지현은 학생이에요.
② 마이클은 미국 사람이에요. 마이클은 학생이에요.
③ 제임스는 영국 사람이에요. 제임스는 기자예요.
④ 안나는 독일 사람이에요. 안나는 의사예요.
⑤ 에린은 호주 사람이에요. 에린은 선생님이에요.

聽力

1. ① ⓓ ② ⓒ ③ ⓐ ④ ⓑ
2. ③

閱讀

（1）김민정이에요.
（2）한국 사람이에요.
（3）대학생이에요.

2 과 일상생활 日常生活

字彙練習

1. ① ⓒ ② ⓕ ③ ⓑ ④ ⓐ ⑤ⓓ ⑥ ⓗ ⑦ ⓔ ⑧ ⓖ
2. ① 집 ② 백화점 ③ 편의점 ④ 커피숍 ⑤ 식당 ⑥ 회사 ⑦ 도서관 ⑧ 극장 ⑨ 학교
ⓐ노래방 ⓑ찜질방 ⓒPC방 ⓓ만화방

文法與表現

1. V-아요/어요/해요（動詞的現在式）
1.

母音ㅏ、ㅗ → ㅏ요		其他母音 → ㅓ요		하다 → 해요	
사다	사요	먹다	먹어요	일하다	일해요
자다	자요	읽다	읽어요	공부하다	공부해요
만나다	만나요	마시다	마셔요	숙제하다	숙제해요
보다	봐요	배우다	배워요	운동하다	운동해요

4. ① 봐요 ② 만나요 ③ 먹어요 ④ 읽어요 ⑤ 마셔요
⑥ 배워요

2. N을/를（受格助詞、賓格助詞）
1. ① 을 ② 를 ③ 을 ④ 를

3. N에서（在N）
1. ① 식당에서 ② 극장에서 ③ 회사에서 ④ 편의점에서
2. ① 커피숍에서 커피를 마셔요/
커피숍에서 친구를 만나요/
커피숍에서 빵을 먹어요
② 도서관에서 공부를 해요/
도서관에서 책을 읽어요/
도서관에서 숙제를 해요
③ 집에서 자요/
집에서 텔레비전을 봐요/
집에서 밥을 먹어요
④ 학교에서 공부를 해요/
학교에서 친구를 만나요/
학교에서 책을 읽어요

4. 안 + V（不；沒V）
1. ① 커피를 안 사요 ② 일을 안 해요
③ 숙제를 안 해요 ④안 자요
2. ① 밥을 안 먹어요/빵을 먹어요
② 커피를 안 마셔요/주스를 마셔요
③ 신문을 안 읽어요/책을 읽어요
④ 텔레비전을 안 봐요/영화를 봐요

聽力

1. ① ⓒ　② ⓓ　③ ⓐ　④ ⓑ

2. (1) ③　(2) ③

閱讀

(1) 찜질방에서 놀아요

(2) ① ×　② ×　③ ×　④ ○

3 과 위치　位置

字彙練習

1. ① 모자　② 안경　③ 시계　④ 신문
   ⑤ 가방　⑥ 우산　⑦ 컴퓨터　⑧ 책상
   ⑨ 책　⑩ 노트　⑪ 볼펜　⑫ 지갑　⑬ 휴대폰
   ⑭ 의자

2. ① 가게　② 지하철역　③ 병원

3. ① 컴퓨터/컴퓨터　② 휴대폰/휴대폰　③ 모자
   ④ 의자/의자　⑤ 안경　⑥ 지갑

文法與表現

1. N이/가 있어요/없어요 (有/沒有N)

1. ① 이　② 이　③ 이　④ 가

2. ① 있어요　② 있어요　③ 없어요　④ 없어요

2. N에 있어요/없어요 (在N/不在N)

1. ① 어디에 있어요/식당에 있어요
   ② 어디에 있어요/집에 있어요
   ③ 어디에 있어요/회사에 있어요
   ④ 어디에 있어요/편의점에 있어요

3. N위/아래/앞/뒤/안/밖/옆/사이 (N上面/下面/前面/
後面/裡面/外面/旁邊/之間)

1. ① 위　② 옆　③ 앞　④ 아래　⑤ 사이

2. ① 위　② 아래　③ 앞　④ 뒤/밖

4. N에 가요/와요 (去/來N)

1. ① 에　② 에서　③ 에서　④ 에　⑤ 에　⑥ 에

2. ① 도서관에 가요　② 은행에 가요
   ③ 우체국에 가요　④ 편의점에 가요

聽力

1. ① ○　② ×　③ ×　④ ○

2. ① ⓒ　② ⓐ

閱讀

(1) 신촌에 있어요

(2) ① ○　② ×　③ ○　④ ×

4 과 날짜와 요일　日期與星期

字彙練習

1. ① 육사이의 사사구이
   ② 칠육이의 구이오공/칠육삼의 구이오공
   ③ 삼구일의 구칠공삼
   ④ 삼구육의 오삼삼삼이에요
   ⑤ 공일공의 삼오삼구의 오오이구예요

2.

Sunday	Monday	Tuesday	Wednesday	Thursday	Friday	Saturday
일요일	월요일	화요일	수요일	목요일	금요일	토요일
5월	1 일	2 이	3 삼	4 사	5어린이날 오	6 육
7 칠	8어버이날 팔	9 구	10 십	11 십일	12 십이	13 십삼
14 십사	15스승의날 십오	16 십육	17 오늘 십칠	18 십팔	19 십구	20 이십
21 이십일	22 이십이	23 이십삼	24부처님오신날 이십사	25 이십오	26 이십육	27 이십칠
28 이십팔	29 이십구	30 삼십	31 삼십일			

3. ① 월　② 일　③ 월/일　④ 월/일　⑤ 토요일　⑥ 월/일/수
요일

文法與表現

1. N이/가 (主格助詞)

1. ① 이　② 이　③ 이　④ 가

2. ① 이, 은　② 가, 는　③ 이, 은　④ 가, 는

2. 몇 (幾)

1. ① 삼구삼의(에) 사오칠구
   ② 이구일공의(에) 구팔오팔
   ③ 공일공의(에) 팔구육삼의(에) 일이삼사
   ④ 공이의(에) 팔칠육오의(에) 사삼이일

3. ① 삼월 사일　② 유월 육일　③ 팔월 십칠일
   ④ 시월 십일　⑤ 십일월 삼십일　⑥ 십이월 이십오일

3. N에 (N的時候〔時間〕)

1. ① 에 운동해요
   ② 에 친구를 만나요
   ③ 에 한국어 공부해요
   ④ 에 아르바이트해요
   ⑤ 에 옷을 사요
   ⑥ 에 영화를 봐요

2. ① 에　② 에　③ ×　④ 에　⑤ ×　⑥ 에

4. V–았어요/었어요/했어요 (動詞的過去式)

1.

母音 ㅏ、ㅗ → 았어요		其他母音 → 었어요		하다 → 했어요	
가다	갔어요	쉬다	쉬었어요	일하다	일했어요
사다	샀어요	먹다	먹었어요	공부하다	공부했어요
자다	잤어요	읽다	읽었어요	숙제하다	숙제했어요
만나다	만났어요	마시다	마셨어요	운동하다	운동했어요
보다	봤어요	배우다	배웠어요	쇼핑하다	쇼핑했어요

2. ① 텔레비전을 봐요

　　 텔레비전을 봤어요

　② 친구를 만나요

　　 친구를 만났어요

　③ 책을 읽어요

　　 책을 읽었어요

　④ 커피를 마셔요

　　 커피를 마셨어요

　⑤ 운동해요

　　 운동했어요

　⑥ 일해요

　　 일했어요

聽力

1. ① 6, 15 ② 10, 10 ③ 7, 27 ④ 3, 14

2. ① ○ ② ○ ③ × ④ ○

閱讀

（1）5월 8일이에요.

（2）① × ② ○ ③ × ④ ○

5 과 물건사기 買東西

字彙練習

1.

하나	둘	셋	넷	다섯
천 원	이천 원	삼천 원	사천 원	오천 원
여섯	일곱	여덟	아홉	열
육천 원	칠천 원	팔천 원	구천 원	만 원

2. ① 도시락 ② 우유 ③ 컵라면 ④ 커피

　⑤ 샌드위치 ⑥ 콜라 ⑦ 빵 ⑧ 삼각김밥

3. ① 김치찌개 ② 된장찌개 ③ 삼겹살 ④ 삼계탕

　⑤ 비빔밥 ⑥ 불고기 ⑦ 떡볶이 ⑧ 김밥 ⑨ 냉면

文法與表現

1. V-(으)세요（請V）

1.

V	-세요	V	-세요	V	-으세요
가다	가세요	기다리다	기다리세요	읽다	읽으세요
보다	보세요	쉬다	쉬세요	앉다	앉으세요
주다	주세요	숙제하다	숙제하세요	웃다	웃으세요

2. ① 공부하세요 ② 쉬세요 ③ 앉으세요 ④ 주세요/기

　다리세요

2. N하고、와/과（和N）

1. ① 와 ② 와 ③ 과 ④ 과

3. 單位N（量詞）：개/병/잔/명（個、瓶、杯、名）

1. ① 한 병 ② 세 개 ③ 다섯 개 ④ 여섯 잔

3. ① 천삼백 원 ② 삼천육백 원 ③ 오천칠백 원

　④ 만천구백 원 ⑤ 이만삼천사백 원 ⑥ 만팔백 원

　⑦ 십일만천 원 ⑧ 십이만삼천사백 원 ⑨ 오십육만칠

　천팔백 원

4. N도（N也）

1. ① 민호도 한국 사람이에요

　② 스티븐도 회사원이에요

　③ 웨이링도 공부를 해요

　④ 지호도 도서관에 가요

　⑤ 에린도 선생님이에요

　⑥ 웨이링도 한국어를 배워요

聽力

1. ① ⓑ ② ⓐ ③ ⓓ ④ ⓒ

2. （1）④ （2）①

閱讀

（1）칠천 원이에요

（2）① × ② ○ ③ ○

6 과 하루일과 日常作息

字彙練習

1. （1）열두 시 （2）한 시 （3）두 시

　（4）세 시 （5）네 시 （6）다섯 시

　（7）여섯 시 （8）일곱 시 （9）여덟 시

　（10）아홉 시 （11）열 시 （12）열한 시

2. （1）여덟 시 （2）오후 세 시 삼십 분

　（3）열 시 십 분 （4）저녁 일곱 시 오십 분

　（5）네 시 사십 분 （6）열두 시 오 분

3. （1）일어나요 （2）오전, 아침 （3）아홉

　（4）점심 （5）여섯 （6）식사해요

　（7）여덟 （8）열한

文法與表現

2. N부터 N까지（從N到N）

1. ① 두 시부터 네 시까지 공부해요

　② 세 시부터 다섯 시 삼십 분까지 컴퓨터해요

　③ 여덟 시부터 아홉 시까지 청소해요

　④ 여섯 시부터 여덟 시까지 친구를 만나요

　⑤ 아홉 시부터 열한 시까지 한국어를 배워요

　⑥ 일곱 시 반부터 여덟 시 반까지 산책해요

2. ① 화요일부터 금요일까지예요

   ② 팔 월 사 일부터 삼십일일 일까지예요

   ③ 열두 시부터 한 시까지예요

   ④ 아홉 시 반부터 열한 시 반까지예요

3. V고 (V然後)

1.

가다	가고	마시다	마시고	일하다	일하고
사다	사고	배우다	배우고	공부하다	공부하고
만나다	만나고	먹다	먹고	숙제하다	숙제하고
보다	보고	읽다	읽고	운동하다	운동하고

2. ① 밥을 먹고 커피를 마셔요

   ② 컴퓨터를 하고 텔레비전을 봐요

   ③ 운동하고 물을 마셔요

   ④ 공부하고 자요

4. ㄷ불규칙 (ㄷ不規則)

1.

	-아 / 어요	-았 / 었어요	-(으)세요	-고
듣다	들어요	들었어요.	들으세요.	듣고
걷다	걸어요	걸었어요	걸으세요	걷고

2. ① 듣 ② 들/들 ③ 들 ④ 걸

聽力

1. (1) ② (2) ② (3) ① (4) ②

2. (1) ④ (2) ①

閱讀

(1) ① ○ ② ○ ③ × ④ ○ ⑤ ×

7 과 계절과 날씨 　季節與天氣

字彙練習

1. ① 봄 ② 여름 ③ 가을 ④ 겨울

2. ① 더워요 ② 눈이 와요 ③ 시원해요 ④ 맑아요

3. ① ⓑ ② ⓒ ③ ⓓ ④ ⓐ

4.

덥다	춥다	무겁다	어렵다	쉽다
더워요	추워요	무거워요	어려워요	쉬워요

文法與表現

1. ㅂ불규칙 (ㅂ不規則)

1.

A	-아/어요	-았/었어요	A	-아/어요	-았/었어요
덥다	더워요	더웠어요	가볍다	가벼워요	가벼웠어요
춥다	추워요	추웠어요	무겁다	무거워요	무거웠어요
어렵다	어려워요	어려웠어요	맵다	매워요	매웠어요
쉽다	쉬워요	쉬웠어요	가깝다	가까워요	가까웠어요

2. ① 매워요 ② 어려웠어요 ③ 추웠어요 ④ 쉬워요

2. N이/가 A-아요/어요/해요 (形容詞的現在式)

1.

A	-아/어/해요	-았/었/했어요	A	-아/어/해요	-았/었/했어요
맑다	맑아요	맑았어요	재미있다	재미있어요	재미있었어요
좋다	좋아요	좋았어요	재미없다	재미없어요	재미없었어요
싸다	싸요	쌌어요	따뜻하다	따뜻해요	따뜻했어요
맛있다	맛있어요	맛있었어요	시원하다	시원해요	시원했어요

2. ① 비싸요 ② 재미있었어요 ③ 흐렸어요

   ④ 재미없어요

6. ① 좋아요 ② 좋아해요 ③ 좋아요

   ④ 좋아해요/좋아해요

3. V/A-고 (V/A並且)

1. ① 고 ② 하고 ③ 하고 ④ 고 ⑤ 고

2. ① 싸고 맛있어요

   ② 무겁고 비싸요

   ③ 아르바이트하고 한국어를 배워요

   ④ 한국어를 배우고 영어를 가르쳐요

4. ② a. 여름이에요/ b. 더워요/ c. 바닷가에 가요

   ③ a. 가을이에요/ b. 시원하고 맑아요/ c. 소풍 가요

   ④ a. 여름이에요/ b. 춥고 눈이 와요/ c. 스키 타요

4. V/A-아서/어서/해서 (因為V/A，所以)

1.

V	-아/어해요	-아/어/해서	A	-아/어/해요	-아/어/해서
가다	가요	가서	싸다	싸요	싸서
오다	와요	와서	좋다	좋아요	좋아서
먹다	먹어요	먹어서	맛있다	맛있어요	맛있어서
마시다	마셔요	마셔서	흐리다	흐려요	흐려서
좋아하다	좋아해요	좋아해서	시원하다	시원해요	시원해서
듣다	들어요	들어서	덥다	더워요	더워서
걷다	걸어요	걸어서	춥다	추워요	추워서

聽力

1. (1) ⓒ (2) ⓐ (3) ⓓ (4) ⓑ

2. (1) ③ (2) ③

閱讀

(1) 눈이 와요

(2) ① ○ ② × ③ × ④ ○ ⑤ ○ ⑥ ○

8 과 주말 활동 　週末活動

字彙練習

1. ① ⓒ ② ⓐ ③ ⓑ ④ ⓔ ⑤ ⓓ ⑥ ⓕ

2. ① 자전거를 탔어요 ② 컴퓨터 게임을 했어요

   ③ 콘서트에 가요 ④ 여행을 해요

   ⑤ 수영을 했어요 ⑥ 배드민턴을 쳤어요

文法與表現

1. V-(으)ㄹ 거예요 (動詞的未來式：將會、將要V)

1.

V	-ㄹ 거예요	V	-을 거예요
가다	갈 거예요	먹다	먹을 거예요
오다	올 거예요	읽다	읽을 거예요
보다	볼 거예요	앉다	앉을 거예요
마시다	마실 거예요	입다	입을 거예요
여행하다	여행할 거예요	듣다	들을 거예요
수영하다	수영할 거예요	걷다	걸을 거예요

2. ① 텔레비전을 볼 거예요 ② 스키를 탈 거예요

　　③ 골프를 칠 거예요 ④ 여행할 거예요

　　⑤ 밥을 먹을 거예요 ⑥ 일할 거예요

2. 무슨 N (什麼N)

1. ① 무슨 운동 ② 무슨 영화 ③ 무슨 음악

　　④ 무슨 요일 ⑤ 무슨 음식

3. V/A-지만 (雖然V/A，但是)

1. ① 지만 ② 지만 ③ 고 ④ 지만 ⑤ 고 ⑥ 지만

4. V-(으)ㄹ까요? (〔我們〕要〔一起〕V嗎？)

1.

V	-ㄹ까요	V	-ㄹ까요	V	-을까요
가다	갈까요	쉬다	쉴까요	먹다	먹을까요
보다	볼까요	치다	칠까요	앉다	앉을까요
만나다	만날까요	산책하다	산책할까요	찍다	찍을까요

2. ① 찜질방에 갈까요 ② 영화를 볼까요

　　③ 노래방에 갈까요 ④ 농구할까요

3. ① 할까요?/배드민턴을 쳐요

　　② 볼까요?/코미디 영화를 봐요

　　③ 갈까요?/다음 주 토요일에 가요

　　④ 수영할까요?/수영장에서 수영해요

聽力

1. ① ⓑ ② ⓒ ③ ⓓ ④ ⓐ
2. （1）③ （2）②

閱讀

（1）가족하고 부산에 갈 거예요.
（2）① × ② ○ ③ ○

國家圖書館出版品預行編目資料

有趣的韓語課 / 金家絃著
-- 初版 -- 臺北市：瑞蘭國際, 2019.09
208面；21 × 29.7公分 --（外語學習系列；64）
ISBN：978-957-9138-27-7（平裝）
1.韓語 2.讀本

803.28   108012670

外語學習系列 64

有趣的韓語課

作者｜金家絃 · 插畫｜Nic W.
責任編輯｜潘治婷、王愿琦
校對｜金家絃、潘治婷、王愿琦

韓語錄音｜高俊江、趙叡珍、金家絃
錄音室｜純粹錄音後製有限公司
封面設計｜陳如琪
版型設計｜方皓承、陳如琪
內文排版｜陳如琪
照片校色｜陳如琪
新村照片提供｜西大門區廳（서대문구청）
仁寺洞照片提供｜韓國觀光公社（이범수 - 한국관광공사）
書封字型提供｜韓國教育廣播公社（한국교육방송공사）

瑞蘭國際出版
董事長｜張暖彗 · 社長兼總編輯｜王愿琦
編輯部
副總編輯｜葉仲芸 · 副主編｜潘治婷 · 文字編輯｜鄧元婷
美術編輯｜陳如琪
業務部
副理｜楊米琪 · 組長｜林湲洵 · 專員｜張毓庭

出版社｜瑞蘭國際有限公司 · 地址｜台北市大安區安和路一段 104 號 7 樓之一
電話｜(02)2700-4625 · 傳真｜(02)2700-4622 · 訂購專線｜(02)2700-4625
劃撥帳號｜19914152 瑞蘭國際有限公司
瑞蘭國際網路書城｜www.genki-japan.com.tw

法律顧問｜海灣國際法律事務所　呂錦峯律師

總經銷｜聯合發行股份有限公司 · 電話｜(02)2917-8022、2917-8042
傳真｜(02)2915-6275、2915-7212 · 印刷｜科億印刷股份有限公司
出版日期｜2019 年 09 月初版 1 刷 · 定價｜450 元 · ISBN｜978-957-9138-27-7
　　　　　2020 年 08 月二版 1 刷

◎ 版權所有 · 翻印必究
◎ 本書如有缺頁、破損、裝訂錯誤，請寄回本公司更換

 本書採用環保大豆油墨印製